ROB TEMPLE

ICH BIN EIN ENGLÄNDER – HOLT MICH HIER RAUS!

Die tollsten Schrullen
unserer britischen Nachbarn

Buch

Rob Temple ist in seiner Heimat ein gefeierter Humorstar – nun erklärt er uns deutschen Lesern, warum seine britischen Landsleute sich das Leben so schwer machen und das Zusammenleben mit ihnen so kompliziert. Zum Beispiel wenn der Engländer nachts schweißgebadet aufwacht, nur weil er geträumt hat, er müsse seine Freundin in der Öffentlichkeit küssen. Wenn er selbst eine Entschuldigung stammelt, sobald jemand seinen Einkaufswagen rammt. Oder wenn all seine Gedanken und jeder Small Talk ausschließlich und zwanghaft um das Thema Wetter kreisen. Rob Temple zählt zahlreiche amüsante Gründe auf, warum man seine Landsleute lieben muss – und Lachen ist dazu immer noch die beste Medizin!

Autor

Rob Temple studierte Englisch und Philosophie in Nottingham und arbeitet als Journalist für namhafte Zeitungen und Magazine in England. Bekannt wurde er durch den herrlich selbstironischen Twitter-Feed @soverybritish, dem knapp eine Million Fans folgen. Er lebt in Balham, joggt für sein Leben gern und pflegt die krankhafte Neigung, sich neue Regenjacken zu kaufen.

www.blanvalet.de

ROB TEMPLE

ICH BIN EIN ENGLÄNDER – HOLT MICH HIER RAUS!

Die tollsten Schrullen unserer britischen Nachbarn

blanvalet

Die Originalausgabe erschien 2013 unter dem Titel
»Very British Problems« bei Sphere, London.

MIX
Papier aus verantwortungsvollen Quellen
FSC® C014496

Verlagsgruppe Random House FSC® N001967

Besuchen Sie uns auch auf www.facebook.com/blanvalet
und www.twitter.com/BlanvaletVerlag.

1. Auflage
Deutsche Erstveröffentlichung April 2016
im Blanvalet Verlag, München, einem Unternehmen der
Verlagsgruppe Random House GmbH,
Neumarkter Str. 28, 81673 München.

Umschlaggestaltung: semper smile
JB · Herstellung: sam
Satz: Uhl + Massopust, Aalen
Druck und Einband: GGP Media GmbH, Pößneck
Printed in Germany
ISBN: 978-3-7341-0205-9

www.blanvalet.de

Für Rhiain, meine Familie und alle an Englischnitis Erkrankten.

INHALT

EINLEITUNG

Hallo, mein Name ist Rob, und ich leide an Englischnitis. Wenn Sie das hier lesen – und danach sieht es aus –, nehme ich an, dass auch Sie unter dieser lästigen, verstörenden und oftmals peinlichen Erkrankung leiden.

Bevor wir anfangen, möchte ich darauf hinweisen, dass Sie mit Ihrem Schicksal keineswegs allein sind. Nicht nur in England, nein, auf der ganzen Welt leiden Millionen von Menschen unter den gleichen Symptomen*. Also machen Sie es sich bequem, trinken Sie eine Tasse Tee und versuchen Sie, sich zu entspannen. Wir sind hier unter uns.

Als Erstes möchte ich Ihnen erklären, wie ich dazu gekommen bin, dieses spezielle Feld der Neurosen zu studieren. Jahrelang war ich der Überzeugung, als Einziger unter dieser seltsamen Erkrankung zu leiden – befallen von einer neurologischen Störung, die nicht selten Angstzustände und Beklemmungen verursacht. Doch kein noch so renommierter Professor, Quacksalber, Therapeut oder Medizinmann konnte mir eine zufriedenstellende Diagnose liefern. Allem medizinischen Rat zum Trotz wandte ich mich in meiner Not an das Internet.

Wie Sie vielleicht wissen, beruht dieses Buch – besser gesagt, diese Verhaltensstudie – auf einem Twitter-

Feed mit dem Kürzel @soverybritish. Bestrebt, den Dingen endlich auf den Grund zu gehen, entschloss ich mich nach einem Jahr voller Qualen kurz vor Weihnachten 2012 zu einer Veröffentlichung jener sonderbaren Situationen, die meine Familie und ich regelmäßig erdulden mussten (meine Familienangehörigen sind leider ebenfalls betroffen, ich ging daher zunächst von einer genetischen Erkrankung aus).

Es war eine äußerst belastende Zeit. Ich kann nicht einmal sagen, was ich mir davon versprach. Vielleicht hoffte ich, einige von Ihnen würden sich in den Problemen wiederfinden und wir könnten eine Selbsthilfegruppe gründen. Doch Ende Januar 2013 hatte ich bereits hunderttausend Follower. Und während ich das hier schreibe, etwa vier Monate später, hat sich diese Zahl verdreifacht. Abertausende von Menschen teilen demnach dasselbe Schicksal, welches ich im Folgenden als Englischnitis bezeichnen möchte.

Bestärkt von dieser außerordentlichen Erkenntnis fuhr ich fort, die gängigsten Symptome gewissenhaft zu dokumentieren. Schon bald entdeckte ich überall Anzeichen – auf der Straße, in historischen Dokumenten, in Büchern, Fernsehsendungen und Filmen (siehe Kapitel 19).

Wenn ich also behaupte, Sie seien mit Ihrem Problem nicht allein, meine ich das vollkommen ernst.

Viele von Ihnen werden sicherlich hoffen, nur am Rande betroffen zu sein. Für diejenigen habe ich einen Test entwickelt, der helfen soll, die Symptome zu erkennen und zu einer Diagnose zu gelangen (siehe Kapitel 3). Leider ist das Testergebnis nicht immer eindeutig, da die Betroffenen den Schweregrad ihrer Erkrankung oft unterschätzen.

Darüber hinaus soll Ihnen die folgende Kurzanalyse bei der Einschätzung helfen, ob Sie dieses Buch tatsächlich brauchen oder nicht. Wenn Sie, wie ich, a) hastig eine Entschuldigung stammeln, sobald jemand ihren Einkaufswagen rammt, b) nachts schweißgebadet aufwachen, weil Sie geträumt haben, Sie müssten vor anderen Leuten »etwas über sich erzählen« oder c) just in diesem Moment über das Wetter nachdenken (leugnen zwecklos!), dann steht es leider schlecht um Sie.

Unglücklicherweise gibt es gegen Englischnitis bislang kein Heilmittel. Oft war ich der Meinung, die Krankheit sicher im Griff zu haben, nur um unvermittelt in alte Verhaltensweisen zurückzufallen. Im einen Moment benehme ich mich wie ein ganz normaler Mensch, im nächsten wird mir speiübel allein von der Vorstellung, bei meiner nächsten Bahnreise möglicherweise eine fremde Person auf meinem reservierten Sitzplatz vorzufinden. Und diese Bahnreise steht erst in über einem Monat an.

Die Beschwerden können leider kaum gelindert werden, denn die Englischnitis ist zu tief in unserer Psyche verwurzelt – sicher verborgen hinter obskuren Redensarten, seltsamen Bräuchen, bizarren Eigenarten und Hintergründigkeiten. (Wenn ein Erkrankter beispielsweise behauptet, es sei »alles in Ordnung«, sollte man langsam, aber sicher den Raum verlassen.) Wir Betroffenen sind wie wandelnde Pulverfässer, stets am Rande einer Explosion, getarnt von einer emotionslosen Fassade, die jederzeit fallen könnte, um einen ganzen Straßenzug in Schutt und Asche zu legen, sofern – Gott bewahre! – uns jemals die Teebeutel ausgehen.

Doch woraus resultieren jene typisch englischen Symptome? Leider wird Ihnen dieses Buch darauf keine

Antwort geben, denn um ehrlich zu sein, habe ich selbst keine Ahnung. Dieses wissenschaftliche Rätsel muss ich wohl oder übel Fachleuten überlassen, die qualifizierter sind als ich. In der Tat gibt es bereits zahlreiche Abhandlungen, die sich mit dem Thema beschäftigen. Der vorliegende Leitfaden soll lediglich der Selbstdiagnose dienen: Sie werden lernen, einen klassischen Fall von Englischnitis zu erkennen, die Symptome sicher einzuordnen und sich ein Bild von ihrer eigenen Zukunft zu machen. Nicht zuletzt hoffe ich, die Lektüre wird Ihnen das Leid ein klein wenig erträglicher machen.

Alles Gute. Und herzliches Beileid.

Rob Temple, London, 2013

* Mein besonderes Mitgefühl gilt all jenen Betroffenen, die im Ausland leben und ständig von unbefangenen, extrovertierten Menschen umgeben sind, denen niemals eine unsinnige Entschuldigung über die Lippen geht.

1. IMMER COOL BLEIBEN

Möglichst früh auf der Arbeit erscheinen, damit ja keiner bemerkt, dass man eine neue »trendige« Jacke trägt.

Mit einem saloppen Handschlag das Trinkgeld überreichen und ungeschickterweise die Münze fallen lassen. Sollte man den Amerikanern überlassen …

Den Taxifahrer aus Pflichtgefühl fragen, wie die Geschäfte laufen, und für den Rest der Fahrt schweigen.

Blut und Wasser schwitzen, wenn man das passende Kleingeld nicht innerhalb von drei Sekunden zusammengesucht hat.

Den freundlichen Hinweis der Kassiererin – »zwei zum Preis von einem« – dankbar annehmen und möglichst würdevoll zurück zum Kühlregal stiefeln, um eine zweite Packung Gehacktes herauszunehmen.

Sich fragen: »Was ist bloß aus mir geworden?«, wenn ein harmloser Abschiedsgruß ungewollt zu einem frechen Salutieren mutiert.

Im Sommer sämtliche Parks meiden, um nicht in die Verlegenheit zu kommen, einen Fußball zurückkicken zu müssen.

Die stille Hoffnung, man sähe in einem Smoking aus wie James Bond, dabei gleicht man eher Mr. Bean.

Panisch die Hand heben, wenn man an der Selbstbedienungskasse ein Problem hat, obwohl das unübersehbare Blinklicht einem alle Arbeit abnimmt.

Hektisch die Kleidung überziehen, sobald die Masseuse sagt: »Ich gebe Ihnen jetzt zehn Minuten zum Entspannen.«

Eine Armamputation in Erwägung ziehen, weil man jemandem zurückgewinkt hat, der die Person hinter einem meinte.

Jemanden scherzhaft mit »Alter« ansprechen und erschrocken feststellen, dass der andere es in den falschen Hals bekommt.

Eine Begrüßung
mit Küsschen links,
Küsschen rechts vorzeitig
abbrechen, nur um den
Fehler zu erkennen
und hastig wieder
einzusteigen.

Die Sorge, am Geldautomaten von der Person entdeckt zu werden, die einen gerade freundlich darauf hingewiesen hat, der Automat sei außer Betrieb.

Erleichterung vortäuschen, wenn der Arzt einem versichert, man bräuchte das stärkere Medikament nicht, für das man eigens in die Praxis gekommen war.

Ein kesses Augenzwinkern riskieren, das man auf der Stelle bereut, und hastig so tun, als hätte man etwas im Auge.

Die Herausforderung, unfallfrei zu niesen, während man eine kochend heiße Tasse Tee in den Händen hält.

Einen beschwingten Twist aufs Parkett legen, sobald man sich auf der Tanzfläche eine Minute lang unbeobachtet fühlt.

Sich wie ein Schneekönig freuen, wenn der eigene Heimatort im Fernsehen gezeigt wird.

Die Hand seines Gegenübers ergreifen und schütteln, obwohl der Jugendliche nur abklatschen wollte.

Der unglückliche Versuch, einen Solowalzer vorzutäuschen, während man sich ein widerliches Anhängsel von der Schuhsohle streift.

Im letzten Moment feststellen, dass man einen überfüllten Aufzug auf der falschen Etage verlassen will, und trotzdem aussteigen.

Den Bus um Haaresbreite verpassen und mehrere Schritte frustriert hinterherrennen.

2. DAS GESETZ DER STRASSE

Zum Dank die Warnblinkanlage einschalten für den Fall, dass der andere Verkehrsteilnehmer das freundliche Winken, den gehobenen Daumen und die Lichthupe übersehen hat.

Voller Stolz mit Fernlicht fahren und erst in allerletzter Sekunde abblenden.

Beim Zahlen an der Tankstelle einen verunsicherten Blick durch die Fensterscheibe werfen und sagen: »Ähm … die Vier, bitte«, obwohl man ganz genau weiß, welche Säule man benutzt hat.

Zeitgleich mit einem anderen PKW-Fahrer auf einen winzigen Kreisverkehr zusteuern und minutenlang festsitzen, da jeder den anderen vorlassen will.

Eine geschlagene Stunde auf dem Parkplatz kreisen, statt eine halbe Minute vom Eingang entfernt zu parken.

Daumen hoch und freundlich winken, wenn man vor einem Auto hektisch über den Zebrastreifen joggen darf.

Blankes Entsetzen, wenn einem bewusst wird, dass jemand das nationale Autobahnnetz besser kennt als man selbst.

Einem anderen Wagen per Lichthupe die Vorfahrt überlassen und im selben Moment die aufflammenden Scheinwerfer sehen, woraufhin ein minutenlanges Lichtduell entbrennt.

Einem anderen Verkehrsteilnehmer hinterherstarren und schimpfen: »Herrgott, der hat es aber eilig!«, sobald jemand um Haaresbreite das Geschwindigkeitslimit übertritt.

Zum Dank die Hand heben, wenn hinter einem gehupt wird, weil man das grüne Licht der Ampel übersehen hat.

Der unbändige Drang, beim Abbiegen vorschriftsgemäß zu blinken, obwohl auf der verlassenen Landstraße kein anderes Auto in Sicht ist.

Hinter einem universellen Temposünder feststecken, der überall fünfzig fährt, sei es in der Dreißigerzone oder bei Tempo 70.

Beim Telefonieren mit Freisprechanlage die Hand ans Headset legen, damit man nicht für einen Irren gehalten wird.

Das ewige Rätsel, wann man die Nebelscheinwerfer wirklich benutzen sollte.

Voller Schuldgefühle auf den Ampelknopf drücken, weil man befürchtet, dadurch den Verkehr aufzuhalten.

Der bittere Moment
der Erkenntnis,
wenn man bei einem
nervigen Taxifahrer vorn
eingestiegen ist, weil man
ihm nicht das Gefühl
geben wollte, wie ein
Privatchauffeur behandelt
zu werden.

Unkontrolliert auf den Knopf der Warnblinkanlage einschlagen, sobald vor einem jemand auf die Bremse tritt.

Sämtliche Parklücken ignorieren, in die man rückwärts einparken muss, sobald man die Führerscheinprüfung bestanden hat.

Eher einen Totalschaden in Kauf nehmen, als sich von einem Lkw die Vorfahrt nehmen zu lassen.

Das obligatorische Notfallpaket im Auto: karierte Picknickdecke, Taschentücher und eine Dose englischer Drops.

3. DER GROSSE ENGLISCHNITIS-TEST

Leiden Sie an akuter undiagnostizierter Englischnitis? Ist die Krankheit bereits unheilbar fortgeschritten, oder befindet sie sich noch im Anfangsstadium? Testen Sie den Grad Ihrer Erkrankung, um sich endlich Klarheit zu verschaffen.

(Entscheiden Sie sich für A, B oder C und rechnen Sie zum Schluss zusammen, welcher Buchstabe überwiegt. Ihr Krankheitsbild finden Sie am Ende des Tests.)

1. **Ein Unbekannter stößt auf der Straße mit Ihnen zusammen. Wie reagieren Sie?**
   A: Sie brüllen: »Hey, du Idiot! Pass doch auf, wo ich hingehe!«
   B: Sie machen sich nichts daraus; der Bürgersteig ist und bleibt nun mal ein Schlachtfeld.
   C: Sie heben abwehrend die Hände, entschuldigen sich mehrfach und springen auf die Fahrbahn; dann eilen Sie nach Hause, um Ihre Katze anzuschreien und wie besessen Unkraut zu jäten.

2. **Sie wollen eine Tasse Tee kochen und stellen fest, dass keine Milch mehr im Haus ist. Was tun Sie?**
   A: Sie zucken mit den Achseln und nehmen stattdessen eine Pepsi aus dem Kühlschrank.
   B: Sie gönnen sich eine Tasse Espresso und eine Handvoll Amarettini. Macht gar nichts.
   C: Sie suchen verzweifelt nach einem Milchersatz und entdecken voller Erleichterung ein Töpfchen Kondensmilch, das sie mal im Zug geklaut haben.

3. **Ein Vertreter des anderen Geschlechts wirft Ihnen in einer Bar vielsagende Blicke zu. Wie reagieren Sie?**
   A: Sie krempeln sich die Hemdsärmel hoch und küssen Ihren Bizeps.
   B: Sie lächeln zwinkernd zurück und bitten den Kellner, eine Flasche Bollinger an den Nachbartisch zu bringen.
   C: Sie versuchen krampfhaft zu lächeln, kriegen im letzten Moment kalte Füße und täuschen ein nervöses Muskelzucken vor; natürlich alles mit hochrotem Kopf.

4. **Ihr Restaurantbesuch verläuft alles andere als zufriedenstellend. Das Essen ist fad, verkocht und voller Nüsse, die nicht auf der Karte standen und Sie ohne Weiteres umbringen könnten. Was tun Sie?**

A: Sie packen den Kellner am Kragen und drohen wütend, ihm den Arsch aufzureißen, wenn er Ihnen nicht innerhalb von dreißig Sekunden ein blutiges T-Bone-Steak vor die Nase stellt.

B: Sie sagen, das sei gar kein Problem; mit einer Flasche Pinot Noir und einer Schachtel Gauloise kommen Sie gut über die Runden.

C: Sie beschweren sich bei Ihrer Begleitung, erklären dem Kellner, das Essen sei hervorragend, und sind dankbar, Ihren EpiPen dabeizuhaben.

5. **Ein langes Wochenende steht bevor. Sie haben den Montag frei. Was unternehmen Sie?**

A: Sie beladen den Pick-up, fahren ins Grüne, gehen angeln, schwimmen im See und erzählen Ihren Kumpels Horrorgeschichten am Lagerfeuer.

B: Sie verbringen das Wochenende im Bett, haben hemmungslosen Sex (ohne Socken), schreiben Gedichte und essen dutzendweise *pains au chocolat*.

C: Sie renovieren das Gästezimmer und belohnen sich mit einem ausgiebigen Gelage im örtlichen Pub – in der irrigen Überzeugung, der Dienstag würde niemals anbrechen.

6. In einer langen Warteschlange hat sich jemand vorgedrängelt. Wie reagieren Sie?

A: Welche Warteschlange?

B: Welche Warteschlange?

C: In Ihrem Innern entflammt eine brodelnde Wut, die einzig und allein an der pochenden Ader auf Ihrer Stirn zu erkennen ist.

7. Sie sollen sich bei einer Fortbildung kurz vorstellen. Was sagen Sie?

A: Sie erzählen Ihre gesamte Lebensgeschichte, begonnen beim ersten Rendezvous Ihrer Großeltern, und enden in einer ausschweifenden Erklärung, warum Sie Ihre wahre Identität noch nicht gefunden haben.

B: Nichts, denn Sie sind gar nicht bei der Fortbildung. Dienstags wird grundsätzlich ausgeschlafen.

C: Sie nennen Ihren Namen und Ihre Berufsbezeichnung und schließen die Augen, bis ein anderer das Wort ergreift.

8. Sie fühlen sich nicht ganz wohl und gehen zum Arzt. Mit welchem Resultat?

A: Sie verlassen die Praxis mit einem mehrseitigen Rezept für Prozac, Xanax, Vicodin, Ritalin und einer Überweisung für zehn Sitzungen beim Psychologen.

B: Obwohl Sie sich Ihr Leben lang überwiegend von Fleisch, Käse und Brandy ernährt haben, bestätigt Ihnen der Arzt, dass Sie für einen 92-Jährigen extrem gut in Schuss sind.

C: Sie erklären dem Arzt, es sei eigentlich alles in Ordnung, kein Grund zur Beunruhigung, und brechen an der Rezeption wegen akuten Blutverlusts zusammen.

9. Sie haben nicht mehr lange zu leben. Was tun Sie?

A: Sie verfassen umgehend Ihre Memoiren, besuchen jedes Mitglied Ihrer ausschweifenden Familie und arbeiten die Liste Ihrer 352 Lebensträume ab.

B: Gar nichts. Sie hatten eh nie vor, älter als dreißig zu werden.

C: Sie fluchen leise »Mist«, vergleichen Ihre Lebenserwartung mit den aktuellen Cricketergebnissen und beschließen, in Zukunft nur noch fettarme Milch zu trinken – ein Vorsatz, der nicht lange hält.

10. Der von Ihnen reservierte Platz im Zug ist bereits besetzt. Wie reagieren Sie?

A: Sie schnappen sich den Übeltäter, verfrachten ihn in die Gepäckablage und verspeisen sein angebissenes Sandwich.

B: Sie setzen sich kurzerhand daneben, schließen auf Anhieb Freundschaft und erzählen noch auf Ihrer Hochzeit von der sagenhaften Begegnung.

C: Sie warten im Vorraum neben der Toilette und hoffen inständig, dass irgendwo zwischen London und Edinburgh ein Sitzplatz frei wird.

11. Sie stehen in einer neu eröffneten Sandwichbar. Eine lange Schlange hat sich gebildet. Was bestellen Sie?

A: Das Übliche: Käsesteaksandwich à la Philadelphia, dreißig Zentimeter Vollkornbrot, keine Zwiebeln, Ranchdressing und Spiegelei, getoastet, dazu eine Cola Light ohne Eis, zum Mitnehmen, aber dalli!

B: Das Sandwich des Tages oder was Ihnen die Bedienung empfiehlt.

C: Sie geraten in Panik und bestellen einen Bagel mit Mais, eingelegten Eiern und Senf, der stolze elf Pfund kostet; dann besorgen Sie sich bei Marks & Spencer ein genießbares Sandwich.

12. In einiger Entfernung hält Ihnen jemand die Tür auf. Was tun Sie?

A: Sie schlendern langsam und lässig durch die Tür und stecken dem Unbekannten im Vorbeigehen ein Trinkgeld in die Tasche.

B: Sie schlendern langsam und lässig durch die Tür, ohne den Unbekannten eines Blickes zu würdigen.

C: Sie hasten zur Tür, lachen verlegen, entschuldigen sich dreimal und sagen höflich: »Nach Ihnen.«

13. Welche der folgenden Situationen in der U-Bahn trifft am ehesten auf Sie zu?

A: Sie rücken Ihre Gürteltasche zurecht und brüllen quer durch den Zug: »Hey, kann mir mal jemand sagen, wie ich zum Lei-zes-ter Square komme?«

B: Sie machen eine wütende Geste, weil ein anderer Fahrgast auf Ihren Flipflop getreten ist.

C: Sie studieren schweigend den Netzplan, um niemandem in die Augen blicken zu müssen.

14. Was beschreibt am besten den Inhalt ihres Küchenschranks?

A: Brot aus der Dose, Tubenkäse, ein Kilogramm Doritos, Pop Tarts und ein Kasten Sprite.

B: Gähnende Leere; nur auf dem Küchenbrett liegt ein angebrochenes Ciabatta, weil grundsätzlich alles sofort gegessen wird.

C: Dreihundertvierundzwanzig wiederverwendbare Plastiktüten und eine halb leere Flasche HP-Soße.

15. Ein freundlicher Autofahrer überlässt Ihnen die Vorfahrt. Wie reagieren Sie?

A: Sie bemerken ihn gar nicht, weil Sie in Ihrem gigantischen Pick-up über alle anderen hinwegsehen.

B: Sie bemerken ihn gar nicht, weil Sie seit Jahren nicht mehr in den Rückspiegel schauen.

C: Sie danken dem Fahrer durch Einschalten jeder verfügbaren Lichtquelle Ihres Autos, als hätte er Ihnen eine Niere gespendet.

Wie haben Sie geantwortet?

Überwiegend A:
Sie sind selbstbewusst, offensiv, wissen genau, was Sie wollen, und lassen sich von niemandem auf den Schlips treten. Genau genommen sind Sie so unenglisch, dass Sie eigentlich nur Amerikaner sein können. Genießen Sie Ihr Leben jenseits aller Peinlichkeiten.

Überwiegend B:
Sie zeigen leichte Symptome, die auf ein Frühstadium von Englischnitis hinweisen können, doch eine akute Erkrankung steht derzeit nicht zu befürchten. Aufgrund Ihrer lockeren Lebenseinstellung, geprägt von *laissez faire* und hemmungsloser Sinnlichkeit, sind Sie durchaus bereit, auch mal ein Risiko einzugehen und Konsequenzen in den Wind zu schlagen. Vermutlich würden Sie in einem Land wie Frankreich oder Italien glücklicher werden.

Überwiegend C:
Leider kann ich Ihnen keine großen Hoffnungen machen. Sie zeigen zahlreiche Symptome von akuter Englischnitis und müssen sich auf ein Leben in Scham und Unterdrückung einstellen. Es gibt leider kein Heilmittel. Eine Besserung ist ebenfalls ausgeschlossen. Sorry, altes Haus!

4. HOCHPROZENTIGE PROBLEME

Ab und zu ein paar Weinflaschen im Restmüll verschwinden lassen, damit die Recyclingstelle nicht denkt, man hätte ein Alkoholproblem.

Die heimliche Überlegung, sich zum Frühstück ein Glas Sekt zu gönnen, weil es die Köche bei *Saturday Kitchen* auch tun.

Eine große Flasche Wein ist zu viel, daher kauft man lieber drei kleine.

Der gute Vorsatz: Kein Alkohol im Januar. Ausgenommen Bier und Wein. Und ein Glas Gin … zur Belohnung.

Was man mit einem Lottogewinn anfangen würde: Das eigene Haus in einen Pub umbauen.

Jedem Touristen auf die Nase binden, die Briten hätten früher Bier getrunken, weil es kein sauberes Trinkwasser gab.

Im Zug nicht den Mut aufbringen, am Snackwagen nur Alkohol zu kaufen, und notgedrungen ein halbes Dutzend Sandwiches dazu nehmen, die man hinterher wegschmeißt.

Sich in Grund und Boden schämen, wenn man im Spirituosenladen zweimal an die Kasse muss.

Am Weihnachtsmorgen ein Glas O-Saft »mit Schuss« trinken und sich im Stillen denken, man sollte jeden Tag so beginnen.

»Danke, für mich nur
einen Gin Tonic«
sagen, als wäre man
Anhänger einer
Abstinenzbewegung.

Steif und fest behaupten, nur deshalb Pimm's im Pintglas zu servieren, um mehr Früchte hineinzubekommen.

An einem Freitagabend ausnahmsweise mal nichts trinken und am nächsten Morgen jeden beneiden, der mit einem Kater herumschleicht.

Seine Trinkgenossen überreden, eine Runde Trivial Pursuit zu spielen, um sicherzustellen, dass man sieben Stunden später immer noch im Pub sitzt.

Morgens mit einem so brutalen Kater erwachen, dass man sich schwört, nie wieder Alkohol zu trinken – zumindest bis zum frühen Abend.

Die unerschütterliche Überzeugung, eine Erkältung mit Alkohol bekämpfen zu können.

Die Behauptung, man wolle nur kurz einen trinken gehen. Soll heißen, man bleibt bis Dienstag verschollen.

Für jedes erdenkliche Getränk das passende Glas besitzen.

Voller Stolz erklären, man esse nur Speck, um einen Kater zu vertreiben, um sich im nächsten Moment bewusst zu werden, dass man im Monat fünfzehn Schweine verspeist.

Mit Lichtgeschwindigkeit nach dem Glas greifen, um einen schalen Rest Bier vor der Kellnerin zu retten. Anschließend vor Scham im Boden versinken.

Die zweifelhafte Überzeugung, Gin Tonic aus der Dose sei eine sozialverträgliche Art, um tagsüber Alkohol zu trinken, weil die Verpackung an einen Energydrink erinnert.

5. BÜROGEPFLOGENHEITEN

Eine E-Mail statt »mit freundlichen Grüßen« kurz und knapp mit »Gruß« beenden, um einen drohenden Wutausbruch anzukündigen.

Legitime Spesen grundsätzlich nicht abrechnen, um niemandem zur Last zu fallen.

Das Mittagessen lauwarm aus der Mikrowelle nehmen, um die Kollegen hinter einem nicht unnötig warten zu lassen.

Eine wütende E-Mail
schreiben, dann dem
Adressaten auf dem
Gang begegnen, bevor
er sie gelesen hat …
und so tun, als wäre
alles in bester Ordnung.

Den richtigen Moment abpassen, um das Büro zu verlassen, aus Sorge herzlos zu erscheinen, wenn jemand sein Baby mitbringt.

Warten, bis alle Kollegen in die Mittagspause verschwunden sind, um sich wie ein verhungertes Nilpferd auf sein Sandwich zu stürzen.

Jemanden zynisch einen »guten Morgen« wünschen, der nach Feierabend noch mal ins Büro zurückkehrt, um einen vergessenen Gegenstand abzuholen.

Einen extrem bescheidenen Lebenslauf verfassen, um ja nicht als Angeber rüberzukommen.

Niemals am Schreibtisch Chips essen aus Angst, der eigene Mund könne an eine Großbaustelle erinnern.

Im Aufzug auf die Frage, in welche Etage man will, mit »die Drei, bitte« antworten und selbst auf den Knopf drücken.

Der unbändige Drang, laut »entfernen« zu sagen, wenn man am Computer die entsprechende Taste drückt.

Die Behauptung, man hätte am Wochenende »nicht viel getan«, obwohl man mehr geschafft hat als je zuvor in zwei Tagen.

Die beängstigende
Aufforderung:
»Bitte bilden Sie eine
Arbeitsgruppe mit
Kollegen, die sonst
nicht mit Ihnen
zusammenarbeiten.«

Am Wasserkühler die eigene Flasche immer nur zur Hälfte füllen, weil man sich zu beobachtet fühlt.

Der qualvolle Gang ins Büro, wenn man beim Friseur war und die Haare zur Abwechslung ein wenig kürzer trägt.

Mit übertriebener Gestik auf Zehenspitzen aus dem Konferenzzimmer schleichen, um einen Anruf entgegenzunehmen, den man nicht ablehnen kann.

Bei einer Brandschutzübung die Kollegen »ganz zufällig« wiederfinden und wie kleine Kinder auf dem Schulhof herumalbern.

Sehen, wie der Chef den Lift ansteuert, und stattdessen die Treppe benutzen, obwohl das Büro im 37. Stock liegt.

Das sündhaft teure iPad jeden Tag mit zur Arbeit nehmen, aber nie aus der Tasche holen aus Angst, als Snob zu gelten.

Dem Seminarleiter auf einem Beurteilungsbogen fünf Sterne geben, obwohl er während des Seminars eingeschlafen ist und unverkennbar nach Portwein riecht.

Bei seiner Rückkehr an den Schreibtisch feststellen, dass da jemand sitzt, um sich mit einem Kollegen zu unterhalten. Auf dem Absatz kehrtmachen und später wiederkommen.

Der Welt endlich sein wahres Gesicht zeigen und einen besonders knalligen Desktophintergrund wählen.

Umgehend die Kündigung einreichen, sobald sich der Verdacht erhärtet, dass jemand anderes die eigene Teetasse benutzt hat.

6. ENGLISCHE ZUGUNGLÜCKE

Erbost auf das Schild »Ruheabteil« starren, in der Hoffnung, die Quasselstrippe gegenüber werde per Schleudersitz aus dem Abteil befördert.

Die seltsame Angewohnheit, aufzustehen und zur Tür zu gehen, volle zehn Minuten bevor der Zug den Bahnhof erreicht.

Höflich abwarten, bis der Fahrgast neben einem die Seite der eigenen Zeitung zu Ende gelesen hat, ehe man umblättert.

Die alltägliche Sorge, statt in den erwarteten Zug in einen Schienenersatzverkehr steigen zu müssen.

In der U-Bahn grundsätzlich die Augen schließen, um das Risiko zu vermeiden, einem anderen Fahrgast in die Augen zu blicken.

Die ersten zehn Minuten einer Zugfahrt in Panik erstarren, weil man sich auf einen reservierten Platz gesetzt hat.

Das Dilemma »sitzen bleiben oder aufstehen?«, wenn sich der Zug immer mehr leert und man unnötigerweise neben einem Wildfremden sitzt.

Eine unbekannte und umständliche Pendlerroute wählen, um die tägliche Fahrt zur Arbeit nicht mit einem Kollegen verbringen zu müssen.

Sich während der gesamten Reise zusammenkauern, um den gespreizten Beinen des Nebenmannes nicht in die Quere zu kommen.

Vor Aufleuchten des Türknopfes mehrmals darauf drücken, um den anderen Fahrgästen zu signalisieren, man habe die Situation voll unter Kontrolle.

Auf die Frage am Fahrkartenschalter, welchen Sitzplatz man bevorzuge, einen Platz in Fahrtrichtung am Fenster verlangen, obwohl man ganz genau weiß, dass doch nur ein x-beliebiger Platz dabei herausspringt.

Der unbändige Stolz, einem Kontrolleur beweisen zu können, dass man sein Entgelt bezahlt hat.

Das ewige Rätsel, warum unzumutbarer Lärm im Ruheabteil plötzlich toleriert wird, sobald sich der Zug füllt.

Ganz gleich, welchen Zug man nimmt oder welches Abteil man wählt, es sitzt garantiert jemand neben einem, der lautstark Chips knabbert.

Hastig von der Toilettentür zurücktreten und den Blick zur Wand richten, wenn jemand unerwartet heraustritt, um dem anderen nicht das Gefühl zu geben, man würde warten.

Sich an der Theke des Speisewagens ein Bier gönnen, als wäre es eine echte Bar.

Nur deshalb auf den Schienenverkehr setzen, weil sämtliche Busfahrpläne den komplizierten Codes gleichen, die Russell Crowe in *A Beautiful Mind* entschlüsseln muss.

Ein anderer Fahrgast hat es sich auf dem eigens reservierten Sitzplatz sichtlich bequem gemacht, daher bleibt man lieber stehen.

Die kollektive Erleichterung, wenn endlich jemand todesmutig das Fenster öffnet, weil es im Abteil heißer ist als in einem Pizzaofen.

Die Aussicht, drei Tage lang im Zug festzusitzen, weil in der nächsten Grafschaft ein Schwan nahe der Schienen ein Nest gebaut hat.

Innerlich jubeln, als hätte man die Champions League gewonnen, weil zufällig die Ausgangsschranken genau dann offen stehen, wenn man sein Ticket verloren hat.

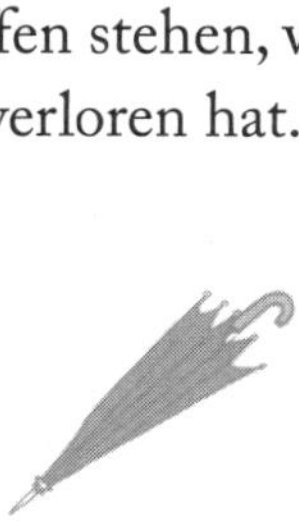

Die bittere Enttäuschung, einen Sitzplatz neben einem anderen menschlichen Wesen zugeteilt zu bekommen.

Der beängstigende Moment, wenn einen in der U-Bahn jemand anspricht.

Der diskrete Blick zur Gepäckablage, um dem Fahrgast neben sich anzukündigen, dass man bald aussteigt.

Der unbändige Drang, das gesamte Snackregal bei Marks & Spencer leer zu kaufen, sobald man eine Bahnreise antritt, die länger als 15 Minuten dauert.

7. EIN BLICK IN DIE VERGANGENHEIT

Oder: Warum die Engländer es so schwer haben, Regentag für Regentag (seit Anbeginn der Zeitrechnung)

2012

Während der Olympischen Spiele in London werden die Briten tagtäglich mit der Bedrohung konfrontiert, in sämtlichen Transportmitteln von lärmenden Amerikanern umringt zu werden. Hinzu kommt der überwältigende Schock eines nie da gewesenen sportlichen Erfolgs.

Das diamantene Thronjubiläum der Queen wird ebenfalls im Sommer gefeiert. Während Ihre Majestät auf einer Barkasse über die Themse schippert, muss der zeremonielle Überflug britischer Kampfjets leider ausfallen, weil der Himmel in guter alter Weltuntergangsmanier die Schleusen öffnet.

2009

The Telegraph veröffentlicht eine kuriose Liste von Spesenabrechnungen diverser Parlamentsabgeordneter. Während es dem Durchschnittsengländer zu lästig ist, geringe Beträge als Spesen abzurechnen, fordern britische Politiker rigoros die Rückerstattung von Kleinigkeiten wie einer Eiswürfelschale (1,50 Pfund), einer Packung Ingwerkekse (0,67 Pfund) und einer Tüte Pferdemist (0,70 Pfund), ganz zu schweigen von extravaganteren Leistungen wie der Reinigung eines Schlossgrabens (2115 Pfund) oder der kostspieligen Wartung eines Rasenmähers (598 Pfund).

2007

Die Einführung eines allgemeinen Rauchverbots hat zur Folge, dass kein Engländer je wieder durch Hüsteln, Räuspern oder böse Blicke seinen Unmut gegenüber rauchenden Mitbürgern ausdrücken muss.

2001

England schlägt die deutsche Nationalelf fünf zu eins auf deutschem Boden. Ein ruhmreiches Jahrzehnt des englischen Weltfußballs bricht an. Oh, Moment …

2000

7. August 2000. In Great Yarmouth, Norfolk, fallen Fische vom Himmel. Der pensionierte Krankenwagenfahrer Fred Hodgkins, dessen Garten mit silbernen Breitlingen übersät wird, spricht von einem »denkwürdigen Ereignis«.

1992

Die weltweit erste SMS wird verschickt. Fortan können selbst Engländer so etwas wie Emotionen ausdrücken, ohne jemandem in die Augen blicken zu müssen.

1988

Die 1-Pfund-Note wird aus dem Umlauf genommen, was zu einer grassierenden Panik führt, da jeder Brite nun deutlich mehr Münzen mit sich herumträgt, die er beim Bezahlen innerhalb von drei Sekunden vor Übertreten der »kritischen Peinlichkeitsschwelle« abzählen muss.

1986

Die M25, Englands meistgehasste Autobahn, wird eröffnet. Seither nutzen sämtliche Briten des Londoner Großraums die Schnellstraße als Entschuldigung dafür, jeden Tag zwei Stunden zu spät zur Arbeit zu kommen.

1971

Das Vereinigte Königreich dezimalisiert das britische Pfund. Um der Bevölkerung die Umstellung zu erleichtern, wird eine breit angelegte Werbeaktion ins Leben gerufen, die in Max Bygraves' Song »Decimalisation« ihren kulturellen Höhepunkt findet.

1969

Die Beatles geben ihr letztes Konzert als vierköpfige Band auf dem Dach ihres Tonstudios in der Savile Row. Polizeikräfte eilen herbei, um das Abschiedskonzert der erfolgreichsten Band der Musikgeschichte zu unterbinden, da die Mittagsruhe der umliegenden Unternehmen gestört wird.

1966

England gewinnt die Fußballweltmeisterschaft. Im ganzen Land gehen Menschen auf die Straßen, um ausgiebig zu feiern und mit ihren Nachbarn Sandwiches zu teilen.

1950

Die goldene Ära des Massentourismus bricht an. Im Laufe der kommenden Jahrzehnte erfolgt eine englische Invasion in Spanien, Portugal und Griechenland. Die wiederkehrende Frage nach Fish & Chips und das Gelächter über seltsame Namen für Cornflakes dröhnt durch ganz Europa.

1939-1945

Im Zweiten Weltkrieg entwickeln die Briten eine überaus tapfere Kampfmoral, den sogenannten »Blitz Spirit« oder »Dunkirk Spirit«, der noch heute jenen wackeren Männern zugeschrieben wird, die furchtlos und stoisch durch mehrere Millimeter Tiefschnee zur Arbeit stiefeln.

1930

Das allererste Kreuzworträtsel der *Times* gibt Pendlern endlich eine sinnvolle Beschäftigung, die sie davor bewahrt, im Zug mit anderen Menschen reden zu müssen.

1895

Der erste Autofahrer Englands begründet den traditionellen Daumen-hoch-Mini-Gruß, um anderen Verkehrsteilnehmern mitzuteilen: »Herzlichen Dank, dass Sie mir nicht die Vorfahrt genommen haben!« Etwa ein Jahr später erhält ein gewisser Mr Arnold aus East Peckham, Kent, das erste Bußgeld für zu schnelles Fahren, weil er mit sagenhaften acht Meilen pro Stunde durch die Landschaft gerast war. Ein mutiger Wachtmeister auf seinem Fahrrad liefert sich eine fünf Meilen lange Verfolgungsjagd mit dem Verbrecher.

1878

Die erste wöchentliche Wettervorhersage spricht von der regnerischsten Woche seit Beginn der Aufzeichnungen.

1871

Der erste gesetzliche Feiertag tritt in Kraft. Die Engländer zelebrieren den freudigen Anlass mit landesweitem Heimwerken und übermäßigem Alkoholgenuss.

1863

Die Londoner U-Bahn nimmt ihren Betrieb auf. Zwischen Paddington und Farringdon pendeln gasbeleuchtete Waggons, die von Dampflokomotiven gezogen werden. Allein am ersten Tag werden 38.000 Passagiere befördert, deren 76.000 Augen sich kein einziges Mal begegnen.

1843

Die erste Ausgabe der *News of the World* erscheint. Dreiunddreißig Jahre später eröffnet die Erfindung des Telefons, *ähem*, ganz neue Möglichkeiten der Recherche.

1840

Die erste Briefmarke geht in Umlauf und verursacht wütende Beschwerden über die horrenden Kosten der Post. Noch heute finden die meisten Engländer, dass 60 Pence für den Transport eines Briefes quer durchs Land extrem überteuert sind.

1822

Die erste Ausgabe der *Sunday Times* erscheint. Fortan landen gut 99 Prozent der Zeitung im Müll, ausgenommen der äußerst populären Seite, auf der eines Tages die Restaurantkolumne »Winner's Dinners« erscheinen soll, die 171 Jahre auf sich warten lässt.

1814

Während der Londoner Bierflut treten 1,46 Millionen Liter Bier aus riesigen geborstenen Fässern und fluten die Londoner Innenstadt im Bereich Tottenham Court Road. Bei dem Unglück sterben mindestens sieben Menschen. Trotz der Tragödie wünschen sich noch heute zahlreiche Engländer einen ähnlich geschmackvollen Tod (am besten gepaart mit einer Explosion in einer Erdnussrösterei).

1797

Beim Angriff auf Santa Cruz de Tenerife wird Admiral Nelson von einer Muskete am rechten Arm verletzt. In einem Ruderboot bringt man ihn zum Schiff des Chirurgen. Als man ihn an Bord hieven will, verkündet Nelson: »Lasst mich los! Ich habe immer noch zwei Beine und einen Arm.« Sein rechter Arm wird amputiert, eine halbe Stunde später erteilt er wieder Befehle. Drei Jahre zuvor hatte er bereits ein Auge verloren.

1755

Samuel Johnsons *Wörterbuch der Englischen Sprache* wird veröffentlicht. Auf der Stelle scharen sich allerorts zehnjährige Jungs zusammen, um über Wörter wie »Gemächt«, »Po« und »Pimmel« zu kichern.

1707

Das erste Parlament des Vereinigten Königreichs begründet die traditionelle Gewohnheit britischer Abgeordneter, sämtliche Ausgaben als Spesen abzurechnen – von einem neuen Hut (zwei Shilling) bis hin zur Pflege und Wartung von Pferden (eine Guinee).
(*Siehe auch*: 2009)

1665

In London wütet die Große Pest. Tausende von Menschen klagen: »Ich fühle mich nicht ganz wohl, aber ich werd's überleben«, um im nächsten Moment zusammenzubrechen und eines qualvollen Todes zu sterben.

1660

Die erste schriftlich überlieferte »tea time« der Geschichte findet sich in den Tagebüchern von Samuel Pepys, der nach einem besonders zermürbenden Tag im

Büro schreibt: »Ich habe nach einer Tasse Tee verlangt, einem chinesischen Getränk, das ich noch nie zuvor getrunken hatte.« Ob er einen Keks hineintunkte oder nicht, bleibt bis heute ungeklärt.

1609

Shakespeares Sonette werden veröffentlicht. Seither quälen sich zahlreiche Engländer mit schwülstigen Liebesbekundungen, die allen Ernstes behaupten, ihre Angebetete sei »anmutiger« und »gemäßigter« als ein Sommertag, ungeachtet der Tatsache, dass der schönste Tag des Jahres 1609 mit lächerlichen vierzehn Grad, leichter Bewölkung und auffrischendem Wind keinerlei Rekorde bricht.

1604

Zwischen Strelley und Wollaton in Nottinghamshire eröffnet die erste Schienenstrecke der Welt. Das pferdebetriebene Gefährt kommt eine halbe Stunde zu spät, allein reisende Adlige nehmen dreist einen Vierertisch für sich in Beschlag, und die Sandwiches vom Imbisswagen (der noch nicht erfunden wurde) kosten eine halbe Krone und vier Groschen.

1586

Die feine englische Gesellschaft entdeckt die Freuden des Tabaks. Fortan übt sich jeder Zweite in der Entschuldigung, er habe leider kein Feuer.

1066-1563

Eine Zeit der Schlachten (etwa 55 an der Zahl) und Hochzeiten (Heinrich VIII. heiratet sechs Frauen, mit denen er sich nicht allzu gut versteht).

1066

Das finstere Mittelalter endet mit der ruhmreichen Schlacht bei Hastings, in der Wilhelm der Eroberer die Truppen von Harald II. besiegt. Eine der wenigen Jahreszahlen, die jeder Engländer im Schlaf beherrscht, weil man sie sich so gut merken kann.

8. UNGESCHRIEBENE GESETZE

Die unangenehme Überraschung, auf die Frage »Wie geht's?« tatsächlich eine Antwort zu erhalten.

Angestarrt werden, als hätte man aufs Tischtuch gepinkelt, nur weil man ehrlich zugibt, keinen Tee zu mögen.

Der unerklärliche Zwang »Ups!« zu sagen, wann immer jemand etwas fallen lässt.

Im Aufzug einer beliebigen Person danken, weil sich die Türen zufällig auf der richtigen Etage geöffnet haben.

Eine angeregte Unterhaltung unterbrechen, wenn man in einen überfüllten Aufzug steigt.

Aus einer seltsamen Laune heraus einen zweihändigen Händedruck ausüben, gefolgt von einem jovialen Griff an den Oberarm des Gegenübers.

Die gesetzliche Verpflichtung, sich am letzten Tag eines langen Wochenendes hoffnungslos zu betrinken, obwohl man am nächsten Tag arbeiten muss.

Längst nicht mehr lächeln, aber hartnäckig »cheeeese« sagen, nachdem das Foto beim dritten Versuch immer noch nichts geworden ist.

Sich sehr unwohl dabei fühlen, jemandem auf Wunsch drei Zuckerstücke in den Tee werfen zu müssen.

Die ungelöste Frage, warum eine Waschmaschinenminute mindestens eine Viertelstunde dauert.

Den Namen einer neuen Bekanntschaft nicht richtig verstehen und nie wieder ein Wort mit ihm wechseln.

Die tiefe Verunsicherung, wenn ein Fremder im Supermarkt die Nachbarkasse benutzt, anstatt sich hinter einem anzustellen.

Pflichtgetreu in sämtliche Taschen greifen, obwohl man ganz genau weiß, dass die Kundenkarte zu Hause liegt.

Das Wissen, es wird Zeit, nach Hause zu gehen, wenn jemand auf einer Party die Gitarre herausholt.

Die enorme nervliche Belastung, zügig den Sicherheitsgurt anlegen zu müssen, die Spiegel einzustellen und loszufahren, während die ganze Familie im Türrahmen steht und winkt.

Am Ende eines Telefonats mindestens dreimal »bye bye« sagen und mit jedem Mal ein wenig leiser werden.

Niemals einen Blick in benachbarte Fahrzeuge werfen, wenn man auf dem Drive-in-Parkplatz einen Hamburger isst.

Jemanden mit dezenten Blicken, Euphemismen und Räuspern in diversen Tonlagen darauf hinweisen, dass sein Hosenstall offen ist.

Den Werkzeugkasten hervorkramen und beträchtlichen Schaden anrichten, wie es sich an einem Feiertag gehört.

Mindestens einen Freund besitzen, der seinen Geburtstag grundsätzlich auf der Go-Kart-Bahn oder dem Paintballplatz feiert.

Jemanden ein Leben lang mit »Kumpel« anreden, weil man Angst hat, seinen Namen falsch auszusprechen.

Das befremdliche Gefühl, wenn jemand unverwandt die eigene Hand festhält, obwohl das Händeschütteln längst vorbei ist.

Standardmäßig mit »Wow, tolle Gegend!« reagieren, wenn jemand sagt, wo er herkommt, nur um im nächsten Moment zugeben zu müssen, dass man noch nie dort war.

Einem Fremden vorgestellt werden, der einem trotz ausgestreckter Hand um den Hals fällt.

9. FALLSTRICKE FÜR FUSSGÄNGER

Aus unerfindlichem Grund stolpern und wutentbrannt auf den Bürgersteig starren.

In einiger Entfernung einen Bekannten erspähen und wie angewurzelt stehen bleiben, bis derjenige außer Sichtweite ist.

Sich ausgiebig von jemandem verabschieden, um anschließend in dieselbe Richtung weiterzugehen.

Ein Leben lang an Menschen vorbeidrängen, ohne jemals den Satz zu beenden: »Entschuldigung, darf ich mal bitte …?«

Die Unfähigkeit, auf dem Bürgersteig kehrtzumachen, ohne zuvor aufs Handy zu starren und die Stirn zu runzeln.

Widerwillig den Schritt verlangsamen, wenn man hinter sich einen Passanten hört, der zum Überholen ansetzt.

Unerwartet einem anderen Fußgänger gegenüberstehen und einen improvisierten Ausweichtanz vollführen.

Eine halbe Meile in die falsche Richtung gehen, weil man es nicht übers Herz bringt, seinen Gesprächspartner zu unterbrechen, um sich von ihm zu verabschieden.

Der Versuch, frechen Grundschülern keine finsteren Blicke zuzuwerfen, wenn sie einem mit ihren Minirollern über die Füße fahren.

Sich nachts auf dem Bürgersteig räuspern, um einem anderen Passanten mitzuteilen, dass man sich von hinten nähert und keineswegs vorhat, ihn zu überfallen. Resultat: Derjenige glaubt, er werde überfallen.

Sich untertänigst entschuldigen, weil man auf dem Bürgersteig mit einem Herrn zusammenstößt, der ohne erfindlichen Grund stehen geblieben ist.

Einem anderen Passanten höflich den Weg weisen, obwohl man nicht die geringste Ahnung hat, wo derjenige hinwill.

Aus voller Brust lachen, wenn man gegen einen Laternenmast gelaufen ist, obwohl man sich möglicherweise das Nasenbein gebrochen hat.

Die peinliche Feststellung, dass die Person, mit der man sich gerade unterhält, gut zwanzig Meter zuvor an einem Schaufenster stehen geblieben ist.

Die quälende Sorge, seinen Abfall in den falschen Recyclingeimer geworfen zu haben.

Freiwillig vor ein fahrendes Auto springen, um einem Touristen nicht ins Foto zu laufen.

Zufällig im Gleichschritt neben einem Wildfremden hergehen und vor lauter Panik ins nächstbeste Schaufenster springen.

Die Kunst, ein unglückliches Stolpern mit einer kurzen Joggingeinlage zu überspielen.

Statt auf dem Gehweg kehrtzumachen, flüchtig in einen Laden gehen, um diesen als Wendemöglichkeit zu nutzen.

Das Dilemma einer fallen gelassenen Fünfpencemünze: aufheben und geizig wirken oder liegen lassen und großspurig erscheinen?

In einiger Entfernung einen Freund erblicken und so tun, als würde man ihn erst im letzten Moment bemerken, um unnötiges Winken/Lachen/Joggen zu vermeiden.

Den örtlichen Abgeordneten bei seinem Antrag unterstützen, eine eigene Fahrspur für Touristen mit Rollkoffern einzurichten.

Der nervenaufreibende Sekundenbruchteil, in dem man sich fragt, ob sich die Automatiktüren des Geschäfts öffnen oder nicht.

Wissen, dass man in die falsche Richtung geschickt wurde, und trotzdem losmarschieren, um niemanden zu enttäuschen.

10. PUBS, PINTS UND PEINLICHKEITEN

Die unglückliche Situation, mit jemandem im Pub zu sitzen, der keine Runde auslässt, aber nicht viel verträgt.

Die herbe Enttäuschung, auf den freundlichen Hinweis »Ich glaube, der Herr war vor mir dran« nicht mal ein »Dankeschön« zu erhalten.

Das ungeschriebene Gesetz, am Flughafen ein Pint Bier und ein warmes Frühstück zu sich nehmen zu müssen, obwohl man um 6 Uhr morgens nicht den geringsten Appetit darauf hat.

In einem Pub nur kurz die Toilette benutzen und bis zum letzten Moment so tun, als würde man einen Freund suchen.

Nie Speckgrieben knabbern können, ohne dass jemand sagt: »Ist doch widerlich!«

Der Entschluss, zur Abwechslung mal ein anderes Bier auszuprobieren, verbunden mit der Erkenntnis, dass man soeben die einzige persönliche Verbindung zum Barkeeper gekappt hat.

Eine kleine Kostprobe eines unbekannten Ale bestellen, das Zeug hassen und trotzdem ein ganzes Glas nehmen um den Barkeeper nicht länger zu belästigen.

Der Enthusiasmus, mit dem man einem Wildfremden die frohe Botschaft übermittelt: »Ja, der Hocker ist noch frei, greifen Sie zu!«

Die tiefe Dankbarkeit, als hätte einem jemand das Leben gerettet, wenn ein Wildfremder verkündet: »Ja, der Hocker ist noch frei, greifen Sie zu!«

Des Alkoholismus beschuldigt zu werden, wenn man im Pub einen Softdrink bestellt.

Hoffnungsvoll verkünden: »Ich nehme das Gleiche wie du« und voller Enttäuschung einen Kaffee vorgesetzt bekommen.

Nie mehr als zwei leere Pintgläser zur Bar tragen, die man sich lässig zwischen Zeige- und Mittelfinger klemmt, um möglichst professionell zu wirken.

Das ungute Gefühl, ein 50-Pencestück auf den Rand des Billardtischs gelegt zu haben und von einem fremden Spieler zu hören: »Sie können gegen den Gewinner antreten.«

Für die gleichen Getränke bei der zweiten Runde einen höheren Preis genannt bekommen. Verwirrt fragen: »Sind Sie sicher?« und dennoch anstandslos bezahlen.

Aus Solidarität einen kleinen Snack bestellen, obwohl man eigentlich satt ist, nur weil ein Kumpel beiläufig fragt: »Will sonst noch jemand was essen?«

Der peinliche Moment, wenn der Barkeeper durch eine Hintertür verschwindet, um die Frage nach weiteren Chipssorten zu klären, obwohl man am Ende doch die ganz normalen bestellen wird.

Im Pub ein Tablett zu benutzen als Zeichen von Schwäche werten.

Die weitverbreitete Angewohnheit, eine quadratmetergroße Betonfläche als Biergarten zu bezeichnen.

Eine ganze Flasche Wein für sich allein bestellen, weil der Barkeeper einem erklärt, bei Kartenzahlung gebe es einen Mindestumsatz von 10 Pfund. So tun, als hätte man nichts davon gewusst.

Wutentbrannt schwören, den elenden Würfeldieb des Pubs ausfindig zu machen und ihm den Hosenboden stramm zu ziehen.

Sich die Hände an der Hose abwischen, um anderen Gästen zu beweisen, dass man sich die Hände gewaschen hat, obwohl der Händetrockner in der Toilette zur Abwechslung einwandfrei funktioniert.

Der entsetzte Ausruf »FÜNF Pfund?!«, während man zähne-knirschend eine Fünfpfundnote über den Tresen schiebt.

Die unglückliche Situation, eine winzige Tüte Chips mit anderen teilen zu müssen, sodass jeder im Durchschnitt zwei Chips bekommt.

11. WETTERQUERELEN

Zehn hochproblematische Wetterphänomene, unter denen jeder Engländer leidet

1

Bezeichnung: Phantomregen

Beschreibung: Dieser Regen ist für das bloße Auge unsichtbar, daher trifft er einen stets unvorbereitet. Man bemerkt jenes Wetterphänomen erst, wenn sich nach mehreren hundert Metern Spaziergang die Druckerschwärze der Zeitung verabschiedet, das Hemd immer durchsichtiger wird und man wie ein Mops im Windkanal die Augen zukneift.
Vorkommen: März/April.

2
Bezeichnung: Gemeine Sonnentäuschung (David-Copperfield-Sonne)

Beschreibung: Schon vor dem Aufwachen spürt man die überwältigende Macht, mit der die UV-Strahlung durch die Scheibe schlägt. Man reißt die Vorhänge auf, und wohlig warmes Sonnenlicht durchflutet den Raum. Feine Staubpartikel tanzen träge im hellen Glanz der Sonnenstrahlen. Man streift ein dünnes Leinenhemd über, ergreift seinen besten Strohhut und hastet hinaus auf die Straße, wo einem ein eisiger Wind entgegenpeitscht, als wäre man aus einem Flugzeug gerissen worden.
Vorkommen: März/Oktober

3

Bezeichnung: Frühsommertücke

Beschreibung: »Endlich!«, jubelt man erleichtert. Die Sonne scheint, *und* es ist angenehm warm – der erste schöne Tag des Jahres. Die Kollegen beschließen, den freudigen Anlass mit einem mittäglichen Pint im Windsor Castle zu begießen – dem Pub, nicht dem Schloss –, denn dort gibt es einen Biergarten. Nach einem erfrischenden Shandy bei ausgelassener Stimmung und strahlendem Sonnenschein geht man widerwillig zurück ins Büro, wo einem die Empfangsdame mitteilt, man sei so rot wie ein Londoner Doppeldeckerbus.
Vorkommen: Mai/Juni

4

Bezeichnung: Weltuntergangsregen

Beschreibung: Dieser laute, brutale, prahlerische Regen nimmt keine Rücksicht auf Verluste. Er kommt stets unerwartet, ohne jede Vorwarnung, selbst wenn fünf Minuten zuvor noch die Sonne schien. Er zeigt weder Mitleid noch Moral. Wird man von ihm erwischt, rennt man instinktiv los, obwohl man nicht weiß, wohin. Befindet man sich in einem Raum, schreitet man ehrfürchtig ans Fenster und starrt fassungslos in die Fluten, die Hände entgeistert in die Hüften gestemmt. Manch einer versucht gar, das Naturschauspiel mit einem Foto festzuhalten. Noch Wochen später wird jede Unterhaltung mit diesem Thema eröffnet.
Vorkommen: rund zweimal im Jahr, zwischen März und November

5
Bezeichnung: Mann-ist-das-kalt-Kälte

Beschreibung: Der Name dieses arktischen Wetterphänomens wird dreimal am Tag fluchend in den Wind gerufen: auf dem Weg zur Arbeit, während der Mittagspause, auf dem Weg nach Hause. Ein untrügliches Zeichen ist die gekrümmte Gangart, mit der man sich seitwärts in den Wind stemmt, als wäre man ein widerlicher, behandschuhter, blaugesichtiger Krebs, der sich danach sehnt, in einen Topf mit kochendem Wasser geworfen zu werden.
Vorkommen: 80 Prozent des Jahres

6
Bezeichnung: Verirrte Sommersonne

Beschreibung: Der Name dieses Phänomens beruht auf der verwirrenden Tatsache, dass die Sonne eigentlich in Melbourne scheinen sollte, doch stattdessen eine falsche

Abbiegung genommen hat, um flüchtig in Großbritannien Hallo zu sagen. Die Bevölkerung quält sich mühsam durch den Tag wie ein Schwarm sterbender Hummeln, an Schlafen ist nicht zu denken, und keine Sekunde verstreicht, in der nicht irgendjemand die unnatürliche Hitze mit dem Jahrhundertsommer von 1976 vergleicht.
Vorkommen: ein einzelner Tag im Juli

7
Bezeichnung: Rätselhaftes Blitzeis

Beschreibung: Dieses tückische Wetterphänomen schlägt immer dann zu, wenn man es am wenigsten erwartet. Man spaziert nichts ahnend über den Bürgersteig, als einem plötzlich die Beine um die Ohren fliegen und man einen derben Fluch ausstößt. Alle viere von sich gestreckt, liegt man am Boden und lacht über sich selbst, um anderen Passanten zu signalisieren, es sei alles in Ordnung. Dabei hat man sich höchstwahrscheinlich das Steißbein gebrochen.
Vorkommen: November bis März

8
Bezeichnung: Grau-in-Grau-Phänomen

Beschreibung: Man erkennt dieses Phänomen unweigerlich daran, dass der Bürgersteig übergangslos mit dem Himmel verschmilzt. Unter solch widrigen Bedingungen kann grundsätzlich nichts Produktives zustande kommen. Sobald man die Vorhänge öffnet und einen Grau-in-Grau-Tag erblickt, sollte man unverzüglich zurück ins Bett kriechen, ein Glas Gin mit Strohhalm trinken und sich der Sonnentage vergangener Jahre erinnern.

9
Bezeichnung: Narnia-Schnee

Beschreibung: Das meistdiskutierte Wetterphänomen der britischen Medienlandschaft. Bereits im Vorfeld ist die Berichterstattung gewaltig. Wenn es endlich eintritt und das gesamte Land unter einer millimeterdicken Schneedecke versinkt, kommt der öffentliche Straßenverkehr zum Erliegen, die nicht vorhandenen Salzberge sind im Nu aufgebraucht, und jeder behauptet, er käme nicht zur Arbeit. Unterdes zeigen alle Nachrichtensender das gleiche Interview mit einem Mann in Cumbria, der sein Auto freischaufeln musste, gefolgt von einem schlotternden Reporter, der sich neben einem Haufen Streusand die Zehen abfriert.
Vorkommen: Februar

10
Bezeichnung: Großstadt-Schnee

Beschreibung: Während die Landbevölkerung zum Anblick eines alpinen Wintermärchens erwacht, müssen die Städter mit einem fiesen weißgrauen Gesprenkel vorliebnehmen, das sich umgehend in Matsch verwandelt. Unglückliche Stadtkinder bauen schweren Herzens bemitleidenswerte Schneemänner, entstellt von Smog, Zigarettenstummeln und Schuldgefühlen, die sich aneinanderreihen wie griesgrämige Giftzwerge.
Vorkommen: Februar

12. RESTAURANTSORGEN

Nachts schweißgebadet aufwachen und sich an das eine Mal erinnern, als die Begleitung peinlicherweise ihr Essen zurückgehen ließ.

Diskret auf die Karte tippen, statt seinen Wunsch offen auszusprechen, um nicht extravagant zu erscheinen.

Unweigerlich die Sprache verlieren, sobald der Kellner mit dem Kartenlesegerät anrückt.

Mindestens eine Woche abwarten, ehe man zugibt, dass der Hauptgang, im Nachhinein betrachtet, nicht ganz den Erwartungen entsprochen hat.

Der unerklärliche Zwang, einen Kellner mit Freundlichkeiten zu überhäufen, weil er am Nachbartisch unhöflich behandelt wurde.

Ein Gericht von der Tageskarte auswählen, damit die Kellnerin die Speisen nicht umsonst aufgezählt hat.

Der Kommentar: »Nicht gerade überwältigend.« Soll heißen: Man hat das widerlichste Gericht aller Zeiten bestellt.

Dem Kellner auf telepathische Weise sein Mitgefühl ausdrücken, weil die anderen Gäste hemmungslos weiterschwatzen, statt zu bestellen.

Ein schamhaftes Lächeln gegenüber anderen Gästen, die zufällig bemerken, dass man vergeblich um die Aufmerksamkeit des Kellners buhlt.

Mit Mimik und Gebärdensprache die Rechnung verlangen, da es vulgär wäre, den Wunsch laut zu äußern.

Die Wangen aufplustern, sich den Bauch halten und beteuern, man sei pappsatt, anstatt ganz einfach zu sagen, dass man keinen Nachtisch will.

Sich auf eine Beilagenportion Pommes einlassen, obwohl das Hauptgericht zum überwiegenden Teil aus Kartoffeln besteht.

Die Speisekarte eine Woche lang im Internet studieren, nur um im Restaurant enttäuscht festzustellen, dass die Webseite veraltet ist.

Sich krampfhaft freuen, weil man eine Reservierung im angesagtesten Restaurant der Stadt bekommen hat, obwohl sich der Tisch direkt neben der Toilette befindet.

Der Situation nicht Herr werden, zu zweit in einem Tapas-Restaurant zu sitzen und von jedem Gericht drei Happen serviert zu bekommen.

Unendlich langsam in die Jacke schlüpfen, um im rechten Moment »Danke« in Richtung Kasse rufen zu können.

Der verdrießliche Moment, wenn man von seinem Gegenüber spontan eingeladen wird und das teurere Hauptgericht verwirft, das man eigentlich bestellen wollte.

Ein Gericht erhalten, das so gar nicht den Vorstellungen entspricht, und trotz aller Bemühungen ein Gesicht machen, als wäre der eigene Hund gestorben.

Die Erwägung, dem Kellner rundheraus zu sagen, dass der Wein nach Essig schmeckt, ehe man sich besinnt, nur läppische 60 Pfund dafür berappen zu müssen.

Die erschöpfende Auseinandersetzung vor dem Essen, wenn jeder standhaft behauptet, es sei ihm egal, wo er sitzt.

13. KATASTROPHEN IM SUPERMARKT

Beim Einkaufen einem Bekannten über den Weg laufen und anschließend wie ein Ladendieb durchs Geschäft schleichen, um ihm kein zweites Mal zu begegnen.

Sich bei jemandem bedanken, der einen an der Kasse vorlässt, obwohl man anfangs vor ihm in der Schlange stand.

Die Sorge, monströs unhöflich zu erscheinen, wenn man der Verkäuferin sagt, man wolle sich nur umsehen.

Die geballte Faust in der Tasche, wenn man 28 Teile kauft, augenscheinlich keine Tüte dabeihat und gefragt wird, ob man eine Tüte braucht.

Es nicht übers Herz bringen, einer Hilfe suchenden Kundin zu erklären, dass man leider nicht in dem Laden arbeitet.

Dem Geldautomaten danken, weil er einem das gewünschte Geld ausspuckt.

An der Feinkosttheke versehentlich zwei Nummern abreißen und auf der Stelle die Stadt verlassen.

In den Küchenschränken kaum Platz für Lebensmittel haben, weil man 83 wiederverwendbare Plastiktüten darin aufbewahrt.

Sich aufmerksam über ein Produkt beugen, das einen gar nicht interessiert, weil ein anderer Kunde vor dem gewünschten Regal steht.

Die wiederkehrende Sorge, als Ladendieb verdächtigt zu werden, wenn man einen Supermarkt verlässt, ohne etwas zu kaufen.

In einem Zeitschriftenhandel vorsorglich mit den Worten bezahlen: »Danke, das wär's.«

Sich gegen die heiß ersehnte Tüte Chips entscheiden, weil man nur eine Zehnpfundnote hat und niemandem mit dem Wechselgeld zur Last fallen will.

An der Kasse diskret »danke« und »bitte« flüstern, wenn man den Warentrenner auf dem Fließband weiterreicht.

Sich vorsichtig anpirschen, um einen anderen Kunden zu fragen, ob er an der Kasse ansteht, als würde man sich einem nicht losgegangenen Feuerwerkskörper nähern.

Das ungute Gefühl, eine Tragetasche zu verwenden, die von einem anderen Supermarkt stammt.

Am Geldautomaten ungeduldig mit den Fingern trommeln, um den Wartenden zu signalisieren, dass man sein Geld angefordert hat und nicht an der Verzögerung schuld ist.

Niemals den allerletzten Artikel kaufen, es könnte ja sein, dass ein anderer Kunde die Ware dringender benötigt.

Die Verlegenheit, hochwertigere Lebensmittel zu kaufen als die Person hinter einem.

Der kindische Drang, seine Geheimzahl einzugeben, bevor der Kassierer einen dazu auffordert.

Sich verpflichtet fühlen, ein Produkt in den Wagen zu legen, nachdem man eine Kostprobe gratis erhalten hat, und es anschließend in irgendeinem Regal zurücklassen in der Hoffnung, nicht verhaftet zu werden.

Geduldig in einer Schlange warten, die – wie sich herausstellt – gar keine Schlange ist.

Sich voller Scham beim Kassierer entschuldigen, weil man keinen Einkaufsbeutel dabeihat, als hätte man eine Affäre mit seiner Frau.

Versehentlich ins falsche
Geschäft gehen und
sich ein wenig umsehen,
um nicht unangenehm
aufzufallen.

Der unbändige Drang, sich freiwillig der Polizei zu stellen, obwohl der Alarm am Ausgang nichts mit einem selbst zu tun hat.

Mit großer Geste das Handy aus der Jackentasche ziehen und wieder einstecken, damit keiner auf den Gedanken kommt, man hätte sich heimlich einen Schokoladenriegel in die Tasche geschoben.

An der Selbstbedienungskasse erschrocken zurückweichen, als hätte man einen Blindgänger aus dem Zweiten Weltkrieg entdeckt, weil unerwartet ein Supermarktangestellter zu einem kommt, um das Alter zu überprüfen.

14. KEEP CALM AND CARRY ON

Jemanden dreimal nicht verstehen, dreimal vergeblich nachfragen und am Ende nicken und lächeln.

Unglücklich stolpern und sich bei dem Menschen entschuldigen, der einem freundlicherweise aufhilft.

Beim Arzt die Frage »Wie geht es Ihnen?« mit »Danke, gut« beantworten.

Im Bus versehentlich zu früh auf den Halteknopf drücken und an der falschen Haltestelle aussteigen, um zu Fuß weiterzugehen.

Wie ein Käfer am Boden liegen und lauthals loslachen, um anderen Passanten zu signalisieren, dass man sich bei dem Sturz nicht verletzt hat.

Motto: »Carpe diem.« Übersetzung: »Gönn' dir zur Abwechslung eine exklusivere Brotsorte.«

Die Behauptung, man sei mit seinem neuen Haarschnitt zufrieden, obwohl man innerlich Rotz und Wasser heult.

Dem Arzt glaubhaft versichern, man fühle sich besser, um seine Behandlungsmethode nicht infrage zu stellen.

An der Kasse keine Diskussion vom Zaun brechen und widerspruchslos einen zu hohen Betrag bezahlen, obwohl man ganz bestimmt ein Sparmenü genommen hat.

Den Drang verspüren, etwas in seinem Leben zu ändern, und für den Anfang eine neue Käsesorte ausprobieren.

Beim Optiker willkürlich »links« oder »rechts« sagen, um nicht zugeben zu müssen, dass einem alle Linsen gleich erscheinen.

Dem Friseur versichern, die Wassertemperatur sei »angenehm«, dabei hegt man den schmerzlichen Verdacht, dass einem jeden Moment die Kopfhaut schmelzen könnte.

Spontan in einen Garderobenschrank steigen, bis man sicher sein kann, dass die Fensterputzer weitergezogen sind.

Die grauenhafte Befürchtung, der Tierfilmer Sir David Attenborough werde eines Tages nicht mehr im Fernsehen zu sehen sein – ein Gedanke, den man nach Kräften verdrängt.

Mit den Worten »Geht schon wieder« darauf hinweisen, dass man jeden Moment in Ohnmacht fällt.

Feststellen, dass man
keine Milch mehr
im Haus hat, und in
seiner Verzweiflung
irgendetwas, das
wenigstens nach Milch
aussieht, in den Tee
schütten.

Aus unerklärlichem Grund behaupten, man hätte das Spiel gestern Abend gesehen, und inständig hoffen, keine Fragen beantworten zu müssen.

Die existenzielle Frage, wie man in Zukunft ein nationales Großereignis feiern soll, wenn Paul McCartney nicht mehr da ist, um »Hey Jude« zu singen.

Sterbenskrank ins Büro gehen und insgeheim hoffen, nach Hause geschickt zu werden, doch auf die Frage, wie es einem geht, eisern krächzen: »Ich werd's überleben.«

Stoisch jede einzelne Pommes verzehren, die man vor aller Augen versehentlich mit Zucker gewürzt hat.

Der peinliche Moment, wenn jeder mitbekommt, wie man die Zeitung beim schwungvollen Umblättern versehentlich zerreißt.

15. ZEHN URENGLISCHE PHÄNOMENE, DIE WIR ALLE LIEBEN …

… doch in Wirklichkeit ständig bejammern

1: Sonne

Sobald die Sonne im Mai zaghaft ihre goldenen Finger ausstreckt und die Luft auf atemberaubende 17 Grad erwärmt, gerät das ganze Land in Ekstase. Zahlreiche Autos werden mit einer Säge zum Cabrio umfunktioniert und Handschuhe fahrlässig ins Meer geworfen, um das Ende eines 18-monatigen Winters zu zelebrieren. Wo einst Hunderte Flaschen von Pimm's standen, erblickt man nur noch leere Spirituosenregale, umgeben von verwirrten Engländern (darunter mindestens ein Herr mit freiem Oberkörper), die sich fragen, ob Brandy als Ersatz infrage käme. Der hoffnungsvolle Gang zur Fleischtheke beschert einem nichts als ein trauriges Würstchen, das vom tornadoartigen Ansturm wild im Kreis wirbelt wie das Nummernschild in *Zurück in die Zukunft*. Spätestens am dritten Tag seufzen die Ersten, es sei eigentlich »ein bisschen *zu* warm«, ständig verkündet irgendjemand, man hätte »Farbe bekommen« (sprich, man ist rot wie ein Krebs), und jeder Zweite sehnt sich nach einem dicken Wintermantel, knisterndem Kaminfeuer im Pub und echtem Frost. Alle Jahre wieder, *ad infinitum*.

2: Wochenendtrips

Es ist Freitagabend, pünktlich zur Rushhour steigt man ins Auto und quält sich fünf Stunden lang durch den dicksten Verkehr. Endlich in den Cotswolds angekommen, die Beziehung hoffnungslos zerrüttet, kann man das gebuchte Bed & Breakfast nicht finden und entschließt sich kurzerhand, im Auto zu übernachten. Am nächsten Morgen stellt man fest, dass man direkt vor dem Bed & Breakfast geparkt hat, dessen Foto auf der Webseite anscheinend von einer Google-Bildersuche mit dem Stichwort »malerisches Bed & Breakfast« stammt. Nachdem man circa acht Meilen über den matschigen Grünstreifen einer Landstraße marschiert ist, erreicht man den örtlichen Pub, das *Dog & Duck*. Man legt seinen Strohhut auf die Theke und bestellt eine Flasche *Old Mad Hen*, die man tief unten in der Kühlung entdeckt hat, fest verpackt in einem bierfassartigen Karton. Beim ersten Schluck des elfprozentigen pissgelben Nektars rollen sich einem die Fußnägel auf. Im nächsten Moment stellt man fest, dass die Einheimischen – welche einen abwertend als »Großstadtjungen« bezeichnen – allesamt Heineken trinken. Dann wird es finster.

3: Glühwein

Ein Phänomen, das gnädigerweise die Weihnachtszeit nicht überdauert. Es scheint dem allgemeinen Frieden zu dienen, es in die Schranken eines einzigen Monats zu bannen. Jemanden in die eigene Küche zu lassen, um dort Glühwein herzustellen, kann ohne Weiteres das Weihnachtsfest ruinieren. Der Übeltäter greift ohne jede Scham nach einer edlen Flasche Châteauneuf-du-Pape und kocht diesen mit Satsuma und Zimtstangen zu Tode, was nicht nur einen widerlich sauren Wein produziert, sondern zugleich einen penetranten Geruch verströmt, als wäre ein elektrischer Lufterfrischer mit Weihnachtsduft explodiert. Natürlich ist der gute Kochtopf ebenfalls ruiniert. Na dann, Prost!

4: Question Time

Eine beliebte Polittalkshow, die von Woche zu Woche gleich verläuft, nur dass sich die Namen ändern. Stets gibt es einen Abgeordneten, der jede Frage auf seinen Wahlbezirk im Londoner Nordosten bezieht; stets einen gut situierten, doch hypernervösen Herrn mit blauer Krawatte, der ständig rot wird und stottert, sobald ihm ein anderer Gast ins Wort fällt; stets einen Unbekannten, der gebetsmühlenartig wiederholt: »Ich halte es für nötig … dass man sich zusammensetzt … Ziele erarbeitet … eine gemeinsame Lösung findet … und das Problem bei der Wurzel packt«, um die Tatsache zu überspielen, dass er die Frage nicht verstanden hat. Nicht zu vergessen, zwei unliebsame Politiker, damit das Publikum jemanden zum Ausbuhen hat, sowie einen beliebigen Künstler oder Dichter, der den lautesten Beifall kassiert, weil er gelegentlich die Frage aufwirft, warum die Menschen nicht einfach friedlich miteinander leben können. Man könnte meinen, die Leute hätten nicht die geringste Ahnung, wovon sie reden.

5: Campingurlaub

Man wacht morgens völlig zerknautscht auf, schweißgebadet oder taub vor Kälte. Der Mund ist staubiger als das Krümelfach eines Toasters. Man erfrischt sein Gesicht mit einem feuchten Lappen (der sich auf der Stelle braun färbt) und versucht, auf einem wackeligen Campingkocher (der, genau wie das Zelt, kurz vorm Zusammenbruch steht) Wasser zu kochen. Ehe die ersten Blasen aufsteigen (etwa vier Stunden später), bleibt genügend Zeit, um in Ruhe das stille Örtchen aufzusuchen, was dank der Klorolle unterm Arm der gesamte Campingplatz mitbekommt. Der Handyakku ist seit mehreren Tagen leer, die Luftmatratze gleicht einem verkochten Soufflé, und der Mann im Nachbarzelt hat seine Ukulele dabei. War das gerade ein Regentropfen?

6: Mittagsbüfett im Pub

Dank der verblüffenden Ähnlichkeit zum Schulkantinenessen die mit Abstand widerlichste Ernährungsform, der sich ein Erwachsener freiwillig aussetzt. Kaum sticht man seine Gabel in den lederigen Rinderbraten, das staubtrockene Schweinefleisch oder die schwabbelige Hähnchenbrust, die von einer schlaffen Haut überzogen ist, erblickt man voller Neid einen Teller Fish & Chips, den der Mann am Nachbartisch mit viel Mut bestellt hat: »Ich zahl doch keine 14,20 Pfund für eine kalte Scheibe Fleisch und einen halben Teller matschigen Blumenkohl. Ich will was Ordentliches essen!« Bravo, Sir.

7: Bloody Marys

Trotz der beträchtlichen Zahl von Engländern, die nach einer durchzechten Nacht dank jenes Katergetränks von den Toten erweckt werden, gibt es viele gute Gründe, weshalb der Tomatensaft am Frühstücksbüffet meist unberührt bleibt. Wenn man schon Tabasco und Worcestersoße in seinen Drink mischt, warum dann nicht noch andere Grausamkeiten? Wie wär's etwa mit Mayonnaise oder HP-Soße? Oder sollte man das Ganze nicht besser als Pastagarnitur verwenden? Dennoch ist es zweifellos die einzige sozialverträgliche Art, bereits am Morgen Wodka zu trinken. Also, nur zu!

8: Restaurantbesuche

Nachdem man mit Müh' und Not ein minderwertiges Menü heruntergewürgt hat, für das man dem Kellner ewigen Dank bezeugt, muss man sich auch noch über das Kartenlesegerät ärgern, das einem dringend ans Herz legt, für eine Trinkgeldzahlung die gelbe Taste zu drücken. Trotz des erbärmlichen Service fühlt man sich selbstverständlich dazu verpflichtet, möchte aber lieber Bargeld hinterlassen. Während man sich insgeheim fragt, ob beim Betätigen der grünen Nein-danke-Taste eine Sirene losgeht und das Wort »Geizkragen« aufleuchtet, gerät man vollends in Panik und drückt versehentlich die rote Abbruchtaste, woraufhin meterweise Papier aus dem Gerät quillt, während einen der Kellner ungläubig anstarrt. Immerhin hat man es nicht weit zur Toilette, da der monatelang im Voraus reservierte Tisch davor steht.

9: Handwerkspflicht am Feiertag

Jeder Feiertag gilt als gesetzliche Verpflichtung, ein altes T-Shirt überzuziehen, den Werkzeugkoffer zu entstauben und das eigene Haus zu verwüsten. Nachdem man zwölf Stunden lang voller Überzeugung Schrauben in die Wände hämmert und 5000-Volt-Kabel anbohrt, erreicht man in der Regel nicht mehr, als die Nachbarn um den Verstand zu bringen und sich den Daumen blau zu hauen. Genau wie beim letzten Mal. Dabei sollte man sich den folgenden Tag auch gleich freinehmen, um den Handwerker zu empfangen, der das Chaos im Handumdrehen beseitigt, während man sich in der Küche verschanzt, um einsam Tee zu kochen und alle Schuld auf die Ehefrau zu schieben.

10: Die Sonntagszeitung

Finanzen? Nein danke. Reisen? Kein Geld. Stellenanzeigen? Dafür bin ich nicht qualifiziert genug. Restaurants? Noch so eine Dreisternerezension, pfff, langweilig. Wirtschaft? Gähn. Sport? Kann man nur wegwerfen, ich will mir das Elend meines Vereins nicht auch noch durchlesen müssen. Nachrichten? Ach, ist doch viel zu deprimierend … Wenn man mit dem Ausmustern fertig ist und das teure Papier in den Recyclingeimer gestopft hat, stellt man entgeistert fest, dass die einzige interessante Rubrik diesmal fehlt. Und der witzige Kolumnist hat anscheinend Urlaub und wird von einem Mann mit Dauerwelle vertreten, der sich über die Strapazen der Mülltrennung auslässt.

16. KUMMER RUND UMS ESSEN

Der weitreichende Entschluss zu gestehen, dass man keine Orangenmarmelade mag.

Niemals die Macht des Meerrettichs unterschätzen.

Die einzig richtige Art des Teekochens bis aufs Messer verteidigen.

Aus Höflichkeit die letzte Röstkartoffel ausschlagen und traurig mit ansehen, wie sie im Müll landet.

Diverse Soßen und Dressings im Kühlschrank lagern, die schon zu Zeiten Margaret Thatchers geöffnet wurden, weil man es einfach nicht übers Herz bringt, sie wegzuwerfen.

In geselliger Runde Jaffa Cakes essen und die uralte Debatte lostreten, ob es sich um Kuchen oder Kekse handelt.

In einer Sandwichbar
die Nerven verlieren und
ein völlig ungenießbares
Geschmackschaos bestellen.

Die Füllmenge einer Ketchupflasche falsch einschätzen und einen Tsunami von roter Soße auf sein unschuldiges Baconsandwich loslassen.

Die bittere Feststellung, dass kürzlich ein feuchter Teelöffel in den Zucker eingedrungen ist, gefolgt von der Entscheidung, vorerst keine Gäste mehr einzuladen.

Die weit verbreitete Untat:
Teebeutel in der Spüle.

Sich in Grund und Boden schämen, weil man die vom Gast verlangte Würzsoße nicht im Haus hat.

Die unangenehme Überraschung, Earl Grey zu schlürfen, wenn man nicht damit rechnet.

Der großzügige Ausspruch: »Ach, ich weiß nicht mehr, gib mir einfach einen Fünfer«, obwohl man pleite ist und genau weiß, dass einem der andere 6,40 Pfund schuldet.

Sich die Hände auf dem Rücken zusammenbinden, um der Versuchung zu widerstehen, das halb aufgekochte Wasser vorzeitig über den Tee zu gießen.

Ein Wagenrad großes
Stück Käse kaufen,
weil man es nicht
fertigbringt, ein drittes
Mal »etwas weniger«
zu sagen.

Die wiederkehrende Frage, welches Maß der Fleischvorbereitung man von einem Metzger erwarten kann.

In einem ausländischen Supermarkt das eigene Lieblingsmüsli unter einem anderen Namen entdecken, den man offen gesagt ziemlich albern findet.

Die ideale Trinktemperatur seines Tees um Sekunden verpassen.

Während des gesamten Hauptgangs überlegen, ob man seine Begleitung auf die Nudel im Gesicht hinweisen soll.

Die bittere Enttäuschung herauszufinden, dass die Hunderte von Keksen, die man im Ausverkauf erstanden hat, nicht in die Teetasse passen.

Das unbändige Verlangen nach Kuchen, sobald die Kirchturmuhr halb fünf schlägt.

17. WETTERFREUDEN

Die magische Kunst, einen Wolkenbruch heraufzubeschwören, indem man die Wäsche raushängt oder das Auto wäscht.

Die Frage, was eher eintrifft: dass Hunde sprechen lernen oder man einen Winter mit genügend Streusalz erlebt.

Die Überlegung, welche Kundenkarte man schweren Herzens opfern soll, um seine Windschutzscheibe freizukratzen.

Die stille Hoffnung, es möge weiterhin kalt bleiben, damit man immer was zum Bereden hat.

Trotz Regenschirms klatschnass werden, weil man das gute Stück einem Freund über den Kopf hält.

Jemandem sagen, er habe Farbe bekommen. Soll heißen: Derjenige ist krebsrot.

Die Genugtuung, bei einem Spießrutenlauf zwischen kurzbeinigen Schirmträgern nicht mehr als ein Auge zu verlieren.

Mit einem Himmel leben, der es witzig findet, die Farbe des Bürgersteigs nachzuahmen.

Belustigung vortäuschen, wenn man einen Schneeball an den Kopf bekommt, damit niemand bemerkt, dass man bis auf die Knochen zittert.

Sich schwören, nie,
aber auch nie wieder zu
campen. Rund 402 Mal
im Jahr.

Sich an keine Unter-
haltung erinnern, die
nicht mit den Worten
endete: »Hoffentlich
wird es bald Sommer!«

Den Winter sehnsüchtig vermissen, sobald das erste aggressive Summen ertönt, das einen voller Panik in den Kleiderschrank steigen lässt.

Stoisch durch einen arktischen Wind stapfen, der einem die Augenbrauen aus dem Gesicht reißt.

»Hast du heute Morgen den Frost gesehen?« Übersetzung: »Ich war früher wach als du und will es dir auf die Nase binden.«

Beim ersten Schimmer blauen Himmels umgehend 24 Kartons Pimm's einlagern.

Steak und Würstchen im Ofen grillen und von einer »Grillparty im Trockenen« sprechen.

Der überwältigende Drang, bei einem kräftigen Platzregen ein Erinnerungsfoto zu schießen.

Tagein, tagaus Handschuhe tragen, bis man meint, die eigenen Hände bestünden aus roter Schurwolle.

Die quälende Sorge, man könne einen Monsun heraufbeschwören, weil man im Supermarkt Grillartikel kauft.

Auf Blitzeis ausrutschen und sich als Erstes Gedanken über die Packung Kekse in der Einkaufstasche machen, ehe einen der ungute Verdacht beschleicht, man könne sich die Hüfte gebrochen haben.

Den Fernseher einschalten und sehen, wie ein Mann im Kanu die Straße hinunterpaddelt. Mindestens dreimal im Jahr.

18. UNTERDRÜCKTE WUT

Enttäuscht feststellen, dass der Lieblingsteil der Sonntagszeitung fehlt. Ein solcher Tag kann nur böse enden.

Sich innerlich auf eine Schimpftirade vorbereiten, doch vom Kundenservice so freundlich behandelt werden, dass man die Worte herunterschluckt und sich umso mehr ärgert.

Die ohnmächtige Verbitterung angesichts jener Tölpel, die in den Aufzug drängen, bevor man die Chance hat auszusteigen.

Der Versuch, einen Vordrängler zu bestrafen, indem man ihm böse Blicke an den Hinterkopf wirft.

Sich so sehr aufregen, dass man jemanden mit »Entschuldigung???« anblafft.

Die stille Wut an der Fußgängerampel, wenn jemand auf den Knopf drückt, obwohl man offensichtlich gerade dasselbe getan hat.

Schnalzend sein Missfallen ausdrücken und entsetzt feststellen, dass der andere es gehört hat.

Jemandem zur Strafe »Danke« hinterherraunen, weil sich derjenige nicht ordentlich bedankt hat.

Sich derart über den schlechten Service aufregen, dass man am liebsten auf der Stelle nachhause gehen würde, um einen Beschwerdebrief zu verfassen.

Ein wenig zu laut »Gern geschehen« murmeln, wenn jemand nicht »Danke« sagt, und freundlich lächeln, falls der andere aufschaut.

An der Bushaltestelle voller Entsetzen die mangelnde Disziplin beim Anstehen bedauern.

Der verzweifelte Versuch, die Fassung zu bewahren, wenn man bemerkt, dass die Milch schlecht geworden ist, just in dem Augenblick, in dem sie den Tee in der Tasse erreicht.

Die kollektive Erleichterung, wenn ein Vordrängler seinen Fehler erkennt und zerknirscht den Rückzug antritt.

Jemanden großzügig auffordern, er möge sich doch bitte bedienen, um dann schweren Herzens festzustellen, dass sich derjenige deutlich mehr nimmt als erwartet.

Um ein Haar die Worte »Entschuldigen Sie mal!« in den Mund nehmen, nachdem man mehrfach angerempelt wurde, um im letzten Moment daran zu denken, wie zittrig man sich bei seinem letzten Versuch im Jahre 1992 fühlte.

Eine absichtliche Kollision beim Autoscooter als gemein empfinden und harmlos seine Runden drehen, bis die Zeit abgelaufen ist.

Die halbe Nacht wach liegen, weil man das Gefühl hat, den nervigen Werbeanrufer mit »Danke, kein Interesse« zu schroff behandelt zu haben.

Stets die Ruhe bewahren, auch wenn man beim Kauf einer Tageszeitung jedes Mal gefragt wird, ob man einen Schokoladenriegel dazu möchte.

Die beunruhigende Frage, wie viele Sendungen von *Das Supertalent* man wohl ertragen kann, ehe man seinen Fernsehapparat in den nächstbesten See schmeißt.

Die Arme verschränken und dezent den Kopf schütteln, um auszudrücken, dass die Schlange im Postamt keiner Logik folgt und man sich so was nicht länger bieten lässt als höchstens zwei Stunden. Maximal drei.

19. DIE KUNST DES UNDERSTATEMENTS

… mit Beispielen aus Realität und Fiktion

Während einer spießigen Dinnerparty …

Tod: Ruhe! Ich bin gekommen …
Gast: Soll das etwa heißen …
Tod: … um dich zu holen. Das ist meine Bestimmung. Ich bin der Tod.
Gast: Na, das hat der Stimmung jetzt aber einen ziemlichen Dämpfer verpasst, finden Sie nicht?

The Meaning of Life von Monty Python, 1983

Captain Blackadder und Captain Darling, bevor die beiden in den Schützengraben müssen …

Blackadder: Wie ist das Befinden, Darling?

Darling: Nicht gerade gut, Blackadder. Ich hatte gehofft, bis zum Ende der Vorstellung durchzuhalten. Wieder bei Pratt & Sons anzufangen, mit den Croydon-Gentlemen Cricket zu spielen, Doris zu heiraten … Ich habe auf dem Weg hierher Tagebuch geführt. Da steht nur: »Mist.«

»Goodbyeee« aus *Blackadder Goes Forth* von Richard Curtis und Ben Elton, 1989

»Einer modernen Legende zufolge soll ein amerikanischer Radiosender in der Vorweihnachtszeit des Jahres 1948 mehrere Botschafter in Washington befragt haben, was sie sich zu Weihnachten wünschen. Die Antworten wurden aufgezeichnet und im Rahmen einer Weihnachtssendung übertragen.

Einige der besinnlichen Worte lauteten: ›Friede auf Erden‹, so der französische Botschafter. ›Freiheit den Sklaven des Imperialismus‹, so der Russe. Schließlich die Antwort des Abgesandten der britischen Krone, Sir Oliver Franks: ›Es ist sehr freundlich, dass Sie danach fragen. Ich wäre hocherfreut über eine Schachtel kandierter Früchte.‹

»Friede auf Erden und eine Schachtel kandierter Früchte« von Sandi Toksvig, *Telegraph*, 23. Dezember 2007

»Es ist wahrlich kein reines Vergnügen, dieses Forscherdasein.«

David Livingstone im Jahre 1873 kurz vor seinem Tod an Malaria und Ruhr

Anlässlich der erfolgreichen Versteigerung einer extrem seltenen Armbanduhr bei Sotheby's …

Del Boy: Wie war das Endergebnis? Was ist dabei rumgekommen?

Rodney: 6,2 Millionen Pfund, das macht … mehr als drei Millionen für jeden.

Del Boy: Wir hatten schon schlechtere Tage.

»Time on Our Hands« aus *Only Fools and Horses* von John Sullivan, 1996

»Die Umschreibung ›sauer‹ für seinen alles verzehrenden, gottgleichen Zorn ärgerte Derek zutiefst. Es war, als fragte man Prometheus, dessen Leber tagtäglich von einem Adler herausgerissen wurde, ob er pikiert sei.«

The Little Warrior von P. G. Wodehouse, 1929

Als Basil Fawlty erfährt, dass der Hotelgast, dem er kurz zuvor das Frühstück ans Bett gebracht hat, bereits seit dem Vorabend tot ist …

Dr. Price: Wollen Sie mir etwa erzählen, Sie hätten nicht bemerkt, dass der Mann tot ist?

Basil: Morgens reden die Leute nun mal nicht viel. Hören Sie, ich habe ihm nur das Tablett gebracht. Nur weil ein Gast nicht gleich »Ein schöner Tag« singt, denke ich noch lange nicht: »Oh, da hat mal wieder einer ins Gras gebissen«.

»The Kipper and the Corpse« aus *Fawlty Towers* von John Cleese und Connie Booth, 1979

»Ich muss sagen, es war ein äußerst bedrückender Abend.«

Sir Cosmo Duff-Gordon, der 1912 den Untergang der *Titanic* überlebte.

Bezüglich der Nachricht, dass die Zulu mit Waffen schießen, die englischen Soldaten entwendet wurden …

Lieutenant Gonville Bromhead: Das nenne ich eine bittere Pille. Mit den eigenen Waffen beschossen.

Zulu von John Prebble und Cy Endfield, 1964

Nachdem Clark Griswold einen englischen Radfahrer angefahren hat …

Clark: Das ist eine üble Wunde, wir sollten Sie besser ins Krankenhaus bringen.

englischer Radfahrer: Nur eine kleine Aufschürfung, nicht der Rede wert, kein Grund zur Panik. Ganz ehrlich, ist nur das Bein, ich hab noch eins davon.

National Lampoon's Vacation von John Hughes, 1983

»Mein Großvater, Lieutenant Frederick Gurney Salter, diente im Zweiten Bataillon der Rifle Brigade, das Ende 1914 in Nordfrankreich landete. In Folge einer Verletzung erwarb er das Anrecht auf einen Silver War Badge – einen Orden, den jene Soldaten erhielten, die im Jahre 1915 als kampfunfähig ausgemustert wurden. Sein verletztes Bein wurde unglücklicherweise vom Wundbrand befallen, da er darauf bestand, anderen Soldaten bei der Behandlung Vorrang zu lassen; infolgedessen verlor er sein rechtes Bein. Mein Vater, der im fortgeschrittenen Alter eine Beinverletzung vernachlässigte, wurde seinerseits vom Wundbrand befallen und verlor ebenfalls sein rechtes Bein. Ich muss gestehen, wenn es um die Behandlung eventueller Fuß- und Beinverletzungen geht, sind mir meine britischen Wurzeln ziemlich schnuppe.«

Colin Salter (colinsalter.co.uk), Sachbuchautor, via @soverybritish

»Brenzlig, es wird hier gerade etwas brenzlig.«

Brigadier Thomas Brodie angesichts einer 10 000 Mann starken chinesischen Armee, denen er mit 650 britischen Soldaten standhalten sollte. Südkorea, 1951

»Wir sitzen ziemlich in der Klemme.«

Captain Robert Falcon Scott in einem Brief an seine Ehefrau bezüglich der Tatsache, dass ihnen das Brennmaterial und die Lebensmittel ausgingen. Südpol, 1912

»In der letzten Woche sah ich, wie eine Frau geschunden wurde, und man wird mir kaum glauben, wie sehr das ihre Erscheinung im schlechten Sinn veränderte.«

Ein Märchen von einer Tonne von Jonathan Swift, 1704

»Verehrte Fluggäste, hier spricht der Pilot. Wir haben ein kleines Problem. Alle vier Triebwerke sind ausgefallen. Wir tun unser Möglichstes, um die Dinger wieder in Gang zu bringen. Ich hoffe, der Vorfall verursacht keine allzu große Beunruhigung.«

Pilot Eric Moody, British Airways Flug 9, 1982

Den sexuellen Avancen von Withnails übermäßig beleibtem und notgeilem Onkel Monty nur knapp entronnen …

Marwood: Withnail, du Bastard, wach auf. Wach auf, du verdammter Bastard, oder ich stecke das verdammte Bett in Flammen!

Withnail: (rührt sich) Ich leugne jede Anschuldigung. Was ist los?

Marwood: Ich bin gerade um Haaresbreite einem Arschfick entgangen. Ich hoffe, dir ergeht's nicht besser. Außerdem werde ich auf der Stelle zurück nach London fahren.

Withnail & I von Bruce Robinson, 1987

»Ich gehe nur kurz raus. Es könnte länger dauern.«

Captain Lawrence Oates, bevor er sich dem sicheren Tod in einem schweren Schneesturm stellt. Antarktis 1912

Nachdem William bei einer unerwarteten Begegnung im Ritz feststellt, dass Anna zu Hause in Hollywood einen Freund hat …

Max: Mal ehrlich, die Sache war doch von Anfang an zum Scheitern verurteilt. Anna ist eine Göttin. Und weißt du, was mit Männern passiert, die sich auf Göttinnen einlassen?

William: Sie sind am Arsch?

Max: So sieht's aus.

Notting Hill von Richard Curtis, 1999

»Ich stand mal mit Paul Eddington auf der Bühne. Er hatte ein seltsames Andenken aus einem Hotelzimmer in Bristol, noch aus Kriegszeiten. Es war nicht mehr als ein Stück Pappe mit einer Kordel dran. Darauf stand: ›Bitte von außen an die Tür hängen, falls Sie während eines Luftangriffs geweckt werden möchten.‹ Herrlich phlegmatisch.«

»Inequality and Injustice« aus *QI* von Stephen Fry, 2011

Nach einem vergeblichen Versuch, Arthur Dent begreiflich zu machen, dass er (Ford) gar nicht aus Guildford stammt, sondern von einem Planeten nahe Belgeuse …

»Ford gab sich geschlagen. Es war die Mühe einfach nicht wert, zumal der Weltuntergang kurz bevorstand. Er sagte:

›Trink aus.‹

Dann fügte er sachlich hinzu:

›Die Welt geht gleich unter.‹

Arthur schenkte den anderen Leuten im Pub ein weiteres Lächeln. Die anderen Leute runzelten die Stirn. Ein Mann winkte entnervt ab, er solle endlich aufhören zu lächeln und sich um seinen eigenen Kram kümmern.

›Heute ist bestimmt Donnerstag‹, murmelte Arthur, während er sich tiefer über sein Bier beugte. ›Mit Donnerstagen konnte ich noch nie viel anfangen.‹«

Per Anhalter durch die Galaxis von Douglas Adams, 1978

»Wenn du durch die Hölle gehst, geh weiter.«

Winston Churchill

20. SICH ENTSCHULDIGEN …

… wenn man gegen einen Schrank läuft.

… weil man selbst nicht raucht und einen Unbekannten wegschicken muss, um sich woanders Feuer zu suchen.

…weil ein unbekannter Anrufer die falsche Nummer gewählt hat.

…um die Aufmerksamkeit einer Person auf sich zu lenken.

…wenn man einen vollen Aufzug betritt.

…weil man den Taxifahrer auffordert, vor einem Geldautomaten zu halten (als würde dieser es bevorzugen, gar kein Geld zu bekommen).

…wenn man seinen Vorgesetzten bittet, den Urlaub vom Vorjahr noch nehmen zu dürfen.

…weil man vergeblich versucht zu feilschen, um am Ende reumütig den vollen Preis zu zahlen, wenn nicht gar mehr.

…um nach der Uhrzeit zu fragen. Sich für die Antwort bedanken und erneut entschuldigen.

…wenn gepeinigte Touristen über das Wetter klagen.

…weil man sich leider verspätet habe, dabei ist der andere eindeutig zu früh.

…um jemandem zu sagen, er habe sein Portemonnaie fallen lassen.

…weil jemand vor der Toilette warten muss, dabei hat man nur ein paar fruchtlose Sekunden in deren Innern verbracht, weil der Erfolgsdruck einfach zu groß war.

…wenn man mit einer Zehnpfundnote bezahlt, obwohl man neun Pfund schuldet.

…weil einen das ungute Gefühl beschleicht, dass einem jemand auf dem Fuß steht.

…wenn man als Erster/Letzter mit dem Essen fertig ist.

…um einen anderen Pendler zu bitten, den Sitzplatz seiner Aktentasche beanspruchen zu dürfen.

…weil man wegen einer Lappalie wie einem Schlaganfall den Krankenwagen ruft.

…wenn man jemandem die Tür öffnet, welche schwerer ist als erwartet, und der geöffnete Spalt keinen bequemen Durchlass gewährt.

…weil einem ein freundlicher Zeitgenosse mit seinem Einkaufswagen in die Hacken fährt.

…um einen Fahrradfahrer, der auf dem Gehweg radelt, nicht weiter zu belästigen.

…um in ein Taxi zu steigen, das man eigenhändig herangewunken hat, während jemand aus dem Hinterhalt versucht, es einem wegzuschnappen.

…weil man einfach nur müde ist.

... um tolldreist einen weiteren Artikel aufs Laufband zu legen, obwohl man die Summe seines Einkaufs bereits genannt bekommen hat.

... weil man angeblich spät dran ist, dabei triff der Chef selbst gerade erst ein.

... um sich nach der Aktentasche zu recken, die vorbildlich in der Gepäckablage ruht, obwohl der Zug so gut wie leer ist.

... weil die Biersorte, nach der man verlangt, mal wieder ausverkauft ist.

... weil man sich viel zu oft entschuldigt.

... auch ohne Grund.

21. SPRACHBARRIEREN

Jemandem »mit allem gebotenen Respekt« klarmachen, dass man völlig anderer Meinung ist.

Etwas als »ganz gut« beschreiben, das in Wirklichkeit grottenschlecht war.

Mit »Ich denke darüber nach« signalisieren, dass man den Sachverhalt in fünf Minuten vergessen hat.

Zwischen »Wie geht's?« und »Alles klar?« schwanken und am Ende »Wie klar?« stammeln.

Etwas als »guten Gedankenanstoß« bezeichnen, an das man soeben seinen letzten Gedanken verschwendet hat.

Mit »Nein, schon in Ordnung« diskret darauf hinweisen, dass man jeden Moment explodiert.

Stets sarkastisch klingen, egal wie aufrichtig man die Worte »klingt toll« über die Lippen bringt.

»Korrigieren Sie mich, wenn ich falschliege«, um anzudeuten, dass man selbstverständlich recht hat und keinerlei Widerspruch duldet.

»Bitte nach Ihnen, Sie waren zuerst dran …« Übersetzung: »Sie haben sich vorgedrängelt, Sie dreister Flegel!«

Die versöhnlichen Worte: »Hör zu, ich will mich nicht mit dir streiten.« Soll heißen, man hat seinen Irrtum eingesehen.

Die schmerzhafte Erfahrung gesagt zu bekommen: »Denk doch mal nach!«

»Ziemlich frisch hier.« Soll heißen: Man hat das Gefühl in den Füßen verloren, und die Zehen werden bereits schwarz.

Die bescheidene Behauptung, man sei »ganz zufrieden«, obwohl man vor Freude völlig aus dem Häuschen ist.

»Darauf können wir später noch eingehen«, um jemandem zu signalisieren, er möge bitte für den Rest der Besprechung den Mund halten.

Die Herausforderung, in einer Unterhaltung nicht als Erster das Wort »kafkaesk« in den Mund zu nehmen.

»Klasse, super, tausend Dank«, um sich schlicht zu bedanken.

Eine SMS mit unzähligen Smileys verschicken, um nicht als sarkastisch rüberzukommen.

Stoisch behaupten, das sei nicht »die feine englische Art«.

»Müssen wir unbedingt mal machen«, um auszudrücken, dass man niemals nie zusammen essen gehen wird.

Der Ausspruch: »Eigentlich wollte ich verzichten, aber von mir aus, wenn du auch einen trinkst …«, statt kurz und bündig: »Ja.«

Der wohlgemeinte Hinweis »das Hundchen schnappt manchmal«, um seinen Gegenüber zu warnen, er könne jeden Moment einen Arm verlieren.

Der Kommentar »Warum nicht?«, um zu bekräftigen, dass man auf jeden Fall noch einen trinkt, wenn nicht gar vier.

Niemals ein Ausrufezeichen verwenden, begleitet von der ständigen Angst, als Langweiler zu gelten.

»Ich glaube es dir.« Übersetzung: »Ich habe keine Ahnung, wovon du sprichst.«

»Mist!« rufen, um anderen zu signalisieren, dass man gerade in eine Bärenfalle getreten ist.

22. BLOSS KEINEN SEX …

Ein bisschen Pepp in die Sache bringen, indem man die Flurbeleuchtung anlässt statt im Stockfinstern zu agieren.

Sobald einen jemand anlächelt davon ausgehen, dass man etwas im Gesicht hat, das da nicht sein sollte.

Jemanden, den man attraktiv findet, um keinen Preis fragen, ob man am Wochenende etwas zusammen unternehmen will, aus Angst der-/diejenige könnte schon etwas vorhaben.

Die quälende Sorge,
beim Vorspiel zu lange
die Socken anzulassen.
Eine kurze Pause
einlegen, um zu fragen.

Seinem aktuellen Schwarm in die Arme laufen, während man eine Packung Klopapier unter dem Arm trägt, und somit das erniedrigende Geheimnis preisgeben zu müssen, dass man regelmäßig die Toilette besucht.

In der U-Bahn zufällig die Hand eines anderen Pendlers berühren und instinktiv befürchten, man würde für einen Perversling gehalten.

Die Überlegung, vorab schon mal Teewasser aufzusetzen, damit das Wasser bereits kocht, wenn man mit einer gewissen Sache fertig ist.

Die E-Mail einer Kollegin erhalten, unter der ein freundschaftliches »X« steht. Den Rest des Tages vor der Tür verbringen, weil man befürchtet, sonst einer Affäre bezichtigt zu werden. Im Zug jemandem in die Augen blicken, hastig wegsehen und dessen Blick in der Scheibe begegnen. Gefolgt von der ernsthaften Überlegung, dem-/derjenigen einen Heiratsantrag zu machen.

Beim Fernsehen mit den Eltern hoffnungslos erröten, sobald sich zwei Darsteller auch nur umarmen, obwohl man gestandene 43 Jahre alt ist.

Die Aussage »Du siehst gut aus« grundsätzlich mit »Red keinen Unsinn« quittieren.

Mit einem unbeholfenen »Ups, warte mal kurz« jeglicher Leidenschaft den Garaus machen.

Die ungeklärte Frage, wie Fernsehpaare es schaffen, unter freiem Himmel Sex zu haben, wenn man selbst bestenfalls eine Kuh erschrecken und mit dem Hintern auf einer Distel landen würde.

Ernsthaft darüber nachdenken, den attraktiven Pendler im Zug anzusprechen. Seit acht Jahren.

Jeden Hauch von Erotik im Keim ersticken, indem man über die Wärmflasche rollt und diese zum Platzen bringt.

Die sichere Überzeugung, allein nach Hause zu gehen, wenn man in der Disco versehentlich in die Hände klatscht.

200 Packungen
Kopfschmerztabletten
im Küchenschrank
horten, weil man in
der Apotheke dauernd
kalte Füße bekommt.

So sehr ins Schwitzen geraten, dass man sich entschließt, in Zukunft dünnere Funktionsunterwäsche zu kaufen.

Die Überlegung, sein äußerst begrenztes Repertoire von Anmachsprüchen – »Wie geht's?« und »Ich finde dich sehr nett« – geringfügig zu erweitern.

23. EIN BLICK IN DIE ZUKUNFT

Oder: Warum die Engländer es so schwer haben, Regentag für Regentag (bis zum Ende der Zeitrechnung)

2014

Die Markteinführung der Datenbrille hat zur Folge, dass zahlreiche Engländer mit starrem Blick bis zu fünfzigmal am Tag sagen: »Sorry, ich habe nur zufällig in Ihre Richtung gesehen.«

2018

Jeder Onlineeinkauf erfolgt in einem virtuellen Supermarkt mit virtuellen Einkaufswagen, die einem permanent in die Hacken fahren. Wer innerhalb von zwei Sekunden auf den Sorry-Button klickt, bekommt die doppelte Anzahl Treuepunkte gutgeschrieben.

2020

Die Melone kommt als Kopfbedeckung wieder ganz groß in Mode.

2025

Die Engländer sehen sich schon heute gezwungen, Smileys zu verwenden, um nicht als sarkastisch zu gelten, doch bis zum Jahre 2025 wird die gesamte menschliche Kommunikation auf Emoticons umgestellt, von denen eines besagt: »Kein Sarkasmus.« Es wird meist sarkastisch verwendet.

2027

Jamie Olivers neuestes Kochbuch, *30-Sekunden-Menüs*, verkauft sich in der ersten Woche eine Milliarde Mal. Zahlreiche Leser klagen, sie würden für manche Rezepte bis zu einer Minute benötigen.

2029

Ein neuartiger Wirkstoff in Form einer jährlichen Injektion macht es möglich, einen Haarschnitt in beliebiger Länge einzufrieren, sodass niemand mehr behaupten muss, er wäre mit seiner neuen Frisur zufrieden.

2030

Ein Pint Bier kostet rund 20 Pfund. Die Bevölkerung denkt wehmütig an alte Zeiten, als man einen lausigen Fünfer rüberreichen musste.

2032

3D-Fernseher haben in sämtliche Haushalte Einzug gehalten. Als säße jeder selbst im Stadion, verfolgt die gesamte Nation einen Wimbledonkrimi in fünf Sätzen, bei dem der englische Tennisspieler knapp unterliegt. Ergänzt wird das nervenaufreibende Spektakel durch einen computeranimierten Cliff Richard und vier holografische Erdbeeren für lächerliche 16 Pfund.

2035

Hochmoderne Züge mit Überschallgeschwindigkeit bringen Reisende in nur 15 Minuten von London nach Edinburgh. Englische Fahrgäste stehen bereits nach fünf Minuten Fahrtzeit wieder auf, um geduldig am Ausgang zu warten.

2038

Neuartige 3D-Drucker sind in der Lage, auf Knopfdruck eine Tasse Tee zu produzieren. Doch aufgrund zahlreicher Zwischenfälle, bei denen versehentlich die Teepatrone in den Zucker getaucht wurde, und mit zunehmender Erkenntnis, dass herkömmliche Münzautomaten denselben Zweck in weniger als zehn Stunden erfüllen, bricht die Popularität schlagartig ein.

2040

Sir David Beckham besteigt den englischen Thron.

2042

Nahrung wird nur noch in Tablettenform zu sich genommen, daher muss niemand mehr warten, bis alle Kollegen das Büro verlassen haben, um sich in Eile über sein Sandwich zu beugen, in der ständigen Angst, dabei beobachtet zu werden, wie man Mayonnaise aufs Mousepad schmiert.

2045

Das regnerischste Jahr seit Beginn der Wetteraufzeichnungen.

2046

Gartenschläuche werden ein für alle Mal verboten.

2048

Ein Softeis kostet schlappe zweitausend Pfund.

2050

Die Einrichtung von Weltraumliften mit Tragseilen aus Kohlenstoffnanoröhren, zwanzigmal stärker als Stahl, ermöglicht einer Gruppe bis zu dreißig Personen bei einem Tempo von 125 Meilen pro Stunde in den Weltraum zu reisen. Trotz der beachtlichen Geschwindigkeit dauert die Reise sieben Tage, ein schier unvorstellbarer Zeitraum, wenn es darum geht, den Blicken anderer Reisender auszuweichen. Ganz zu schweigen von der unaussprechlichen Bedrohung, auf engstem Raum potenziell todbringenden Blähungen ausgesetzt zu sein.

2055

Der Konsum alkoholischer Getränke im Innern von Pubs wird endgültig verboten, weshalb Besucher in ausgewiesenen Trinkbereichen hinter dem Gebäude ihre Getränke schlürfen müssen.

2056

Sämtliche Arbeitsstellen müssen fortan in einer neunwöchigen Talentshow »erspielt« werden.

2057

Die kontroverse Entscheidung, eine neue 1000-Pfundnote mit dem Abbild Harry Potters herauszubringen, trifft hier und da auf Unverständnis. Stärker noch kritisiert wird die 500-Pfundnote mit dem Gesicht Russell Brands. Doch jeder scheint hocherfreut, Alan Partridge auf der 200-Pfundnote zu erblicken.

2058

Mr. Blobby taucht unvermittelt aus der Versenkung auf und gewinnt den Eurovision Song Contest. Es folgt eine ausverkaufte Stadiontour, begleitet von der kürzlich wiedervereinten Boygroup *One Direction* als Vorgruppe.

2060

Die Bevölkerung besteht zu einem guten Viertel aus über 65-Jährigen, was die Erfindung von Haushaltsrobotern zu einem überwältigenden Verkaufsschlager macht. Natürlich fühlt sich jeder Engländer verpflichtet, zunächst ein wenig Ordnung zu schaffen, bevor er den Roboter einschaltet.

2066

Die englische Nationalmannschaft erreicht endlich das Finale einer Fußballweltmeisterschaft, verliert jedoch unglücklich gegen Deutschland, da die Sensoren am Torpfosten den Ausgleichstreffer in der Nachspielzeit für ungültig erklären.

2067

Jedes unbelebte Objekt trägt nunmehr den Aufdruck *Keep Calm And Carry On*.

2070

Pkw kommen inzwischen ganz ohne Fahrer aus. Der letzte britische Automobilhersteller hat sein neuestes Modell so programmiert, dass sämtliche Lichtquellen dreimal aufflammen, sobald ein anderes Fahrzeug ihm die Vorfahrt überlässt, was allerdings seit zwei Jahrzehnten nicht mehr vorgekommen ist.

2072

Die Rolling Stones lassen in einer Pressemitteilung verlauten, das nächste Album sei definitiv ihr letztes, da Keith Richards sich auf seine Solokarriere konzentrieren wolle.

2077

Die Engländer besiedeln den Mars, zwanzig Jahre nachdem erstmals ein Erdling auf dem Roten Planeten gelandet ist. Als die Ersten nach achtmonatiger Anreise und siebenmonatigem Ärgernis über Mitreisende, die ihre Rückenlehne zurückstellen, die Raumkapsel verlassen, erklären sie das Wetter für unerträglich schwül und halten Ausschau nach einem Pub.

2082

Die Rolling Stones finden sich zu einer Reihe einmaliger Reunionkonzerte zusammen.

2099

Ein riesiger Asteroid rast auf die Erde zu. Wenige Sekunden vor dem Einschlag rufen sämtliche Briten (81 Millionen an der Zahl) kollektiv »Mist!«, woraufhin eine enorme Druckwelle entsteht, die den Felsklumpen zu Staub und Asche zertrümmert. Um den glücklichen Anlass zu feiern, werden mehrere Millionen Wasserkocher in Betrieb genommen.

2111

Sämtliche Teevorräte sind erschöpft. Die britische Zivilisation bricht zusammen. Paul McCartneys konserviertes Hirn singt ein letztes Mal »Hey Jude«, und das Vereinigte Königreich versinkt im Meer.

24. LAMPENFIEBER

Der furchterregende Satz: »Bevor wir anfangen, möchte ich jeden in der Runde bitten, ein paar Worte über sich zu sagen.«

Noch während des Erzählens den Glauben an seinen Witz verlieren und mittendrin abbrechen, um den Zuhörern nüchtern die Pointe zu erklären.

So tun, als könne man die eigene Schrift nicht lesen, anstatt einen Witz vorzutragen, der klar und deutlich auf dem Papier steht, einem aber plötzlich zu albern erscheint.

Die Angst vor der Bitte, man solle doch noch mal »diesen Typen nachahmen«.

Einen Telefonanruf tätigen, während das Büro kollektiv verstummt. Sekundenlang das Sprachvermögen verlieren.

Die grauenvolle Aufforderung, man solle seine Ideen später dem ganzen Team vortragen.

Möglichst niemals die Arbeitsstelle wechseln, um der beängstigenden Pflicht einer Abschiedsrede zu entgehen.

Der innige Wunsch, sich spontan unsichtbar zu machen, sobald jemand fragt: »Gibt es einen Freiwilligen?«

Einen Bekannten, der
nur vage andeutet, man
könne zu seinem engeren
Freundeskreis zählen,
auf der Stelle beleidigen,
um ja nicht als Trauzeuge
herhalten zu müssen.

Die kollektive Verzweiflung in einem Meeting, wenn ein Einzelner die Hand hebt, nachdem am Ende gefragt wurde: »Gibt es noch Fragen?«

Lieber bereitwillig durch ein von Krokodilen wimmelndes Gewässer paddeln, als sich in die erste Reihe einer Stand-up-Comedy-Show zu setzen.

Bei einem Vorstellungsgespräch den Gesprächspartner bitten, für einen Moment über seine Antwort nachdenken zu dürfen, weil man gelesen hat, das würde einen guten Eindruck machen. Die gewonnene Zeit damit verbringen, an gar nichts zu denken.

Die Aussicht, jeden Moment eine Rede halten zu müssen, beherzt aus der Welt schaffen, indem man sich mit einem Ziegelstein selbst k. o. schlägt.

Das Horrorszenario, beiläufig einen Song zu erwähnen und umgehend gefragt zu werden: »Wie geht er denn?«

Colin Firths Redetalent vor der Therapie in *The King's Speech* als Vorbild nehmen.

Fälschlicherweise annehmen, es würde niemandem auffallen, wenn man die ersten drei Zeilen von Happy Birthday immer nur mimt.

Versehentlich zu einem interaktiven Theaterstück gehen.

Eine Power-Point-Präsentation, die man drei Wochen lang vorbereitet hat, mit den Worten einleiten: »Ist nur ein grobes Konzept, also …« Jede zweite Folie überspringen.

Bei einem Vorstellungsgespräch gefragt werden, was man für seine größte Errungenschaft hält. Eine Frage, die einem Engländer niemals gestellt werden sollte.

Sich schweißgebadet durch eine Unterhaltung quälen, nachdem man unüberlegterweise behauptet hat, man hätte von besagtem Thema schon mal was gelesen, gesehen oder gehört.

25. FLUGANGST

Das stumme Entsetzen, wenn ein Fluggast sein koffergroßes Gepäckstück mit in die Kabine schleppt.

Den Platz am Gepäckband bis aufs Messer verteidigen, als würde das Leben der ganzen Familie davon abhängen.

Der stille Wunsch, das eigene Smartphone hätte korrekterweise einen »Flugzeugmodus« statt eines »Flugmodus«.

Im Ausland einen Akzent vortäuschen, der entweder an Jamie Oliver erinnert oder an Hugh Grant. Je nach Alkoholisierungsgrad.

Hilflos mit ansehen müssen, wie der Fluggast vor einem seine Rückenlehne verstellt.

Beim Boarding ganz vorn in der Schlange stehen, obwohl man fünf Monate zuvor einen Premium-Sitzplatz reserviert hat.

Einen Film mittendrin abschalten aus Sorge, es könne eine Sexszene bevorstehen, damit die Mitreisenden nicht denken, man wäre ein Perversling, der zu erotischer Unterhaltung Würstchen und Kartoffelbrei verschlingt.

Nie, aber auch niemals den Rufknopf betätigen, um das Bordpersonal nicht zu belästigen.

Sein Buch in der Tasche vergessen, die man im Gepäckfach verstaut, sich ans Fenster setzen und neun Stunden lang nichts zu lesen haben.

Neben jemandem zum Sitzen kommen, der allen Ernstes fragt, ob England in London liegt.

Der unbändige Drang aufzustehen, sobald nach der Landung die Anzeige der Sicherheitsgurte erlischt, obwohl man ganz genau weiß, man wird mindestens 15 Minuten gekrümmt dastehen, ehe sich die Flugzeugtüren öffnen.

Die Überlegung, sich auf dem Gang die Beine zu vertreten. Nur das Lampenfieber hält einen zurück.

Die Unfähigkeit, einen schräg liegenden Koffer auf dem Laufband vorbeiziehen zu lassen, ohne ihn beiläufig gerade zu rücken.

Das nervenaufreibende Gefühl, ein kochend heißes Getränk über seinem Kopf eingegossen zu bekommen, balanciert auf einem winzigen Plastiktablett, und das bei einer Flughöhe von 30 000 Fuß.

Eher eine explodierende Blase in Kauf nehmen, als den Passagier neben sich zu wecken.

Die ärgerliche Situation, hinter jemandem herzugehen, der auf dem Transportband stehen bleibt.

Genau dasselbe tun, was der Nebenmann mit seinem kleinen heißen Handtuch anstellt. Legt er es ins Gesicht, legt man es auch ins Gesicht.

Kein Messer erhalten und einmal mehr feststellen, wie schwierig es ist, sein Brot mit einem Löffel zu streichen.

Das Licht anlassen, wenn man sein Haus für zwei Wochen verlässt, in der Hoffnung, ein potenzieller Einbrecher würde einem abkaufen, dass man seine Abende grundsätzlich im Hausflur verbringt.

Der unerklärliche Drang, am Abend vor einer Flugreise jeden Tropfen Alkohol im Haus zu vernichten.

Seine jahrelange vegetarische Ernährungsweise über den Haufen werfen, weil man versehentlich die Fleischmahlzeit serviert bekommt und niemandem zur Last fallen will.

Bei der Rückreise vier Stunden auf die reguläre Reisezeit aufschlagen, um in aller Herrgottsfrühe einen offenen Laden zu suchen, der Milch verkauft.

Voller Entsetzen mit ansehen müssen, wie ein Herr in Bermudashorts und Flipflops ein kostenloses Upgrade erhält, während man selbst trotz elegantem weißem Leinenjackett und feinstem englischem Strohhut in der Economy Class versauert.

26. ANSTAND UND BENIMM

Durch eine Tür treten, die einem freundlicherweise aufgehalten wird, obwohl man eigentlich ganz woanders hinwill.

Auf die unschuldige Frage »Wie geht's?« in einer Endlosschleife von »Gut, und dir?« landen.

Im letzten Moment feststellen, dass die Tür, die man höflicherweise aufhalten will, zum Drücken gedacht ist und man somit im Weg steht, während sich der andere mit tausend Entschuldigungen an einem vorbeischiebt.

Die Behauptung »Ist mir egal«, wenn man vor eine Wahl gestellt wird, gefolgt von der bangen Hoffnung, der andere möge die richtige Entscheidung treffen.

Wenn einem jemand einen schönen Urlaub, Flug oder Geburtstag wünscht, reflexartig antworten: »Danke, dir auch!«

Inständig hoffen, der Bekannte im Bus möge seine Anekdote möglichst rasch beenden, damit man seine Haltestelle nicht verpasst.

Die Scheu, jemanden aufzufordern, er möge sich bitte die Schuhe ausziehen, und lieber tatenlos zusehen, wie der neue Teppich ruiniert wird.

Die unangenehme Situation, als Erster von der Sprechstundenhilfe aufgerufen zu werden, obwohl man das Wartezimmer als Letzter betreten hat.

Abrupt wegsehen, wenn an der Kasse jemand seine PIN eingibt, und sich dabei einen Halswirbel ausrenken.

Stoisch die Rolle des Türstehers übernehmen, während eine überraschend lange Schlange von Passanten an einem vorbei in den Laden strömt.

Sich ein Leben lang
fragen, wie wohl der
letzte Keks in der
Dose schmecken mag.

Der unangenehme Moment, wenn ein Bekannter plötzlich feststellt, dass er einen monatelang mit dem falschen Namen angesprochen hat, ohne jemals korrigiert worden zu sein.

Die stille Hoffnung, ein anderer Fahrgast möge auf den Halteknopf drücken, damit man den Busfahrer nicht selbst belästigen muss.

Seinen Sitzplatz einer älteren Person überlassen, die bei näherem Hinsehen gar nicht so alt ist, und gemeinsam stehen bleiben.

Jemandem bei einer Drehtür den Vortritt lassen und sich verpflichtet fühlen, von hinten heimlich anzuschieben.

Einen Gesprächspartner aus Höflichkeit nicht darauf hinweisen, dass er die eigene Aussage missverstanden hat, und sich stattdessen auf ein völlig neues Thema einlassen.

Eine Tür mit ausgestrecktem Fuß aufhalten um anzudeuten, dass man keine Zeit zu verlieren hat.

Jemandem zustimmen, es sei zu warm im Raum, und zur Bestätigung den Pullover ausziehen, obwohl man die Temperatur eigentlich ganz angenehm fand.

An der Hotelrezeption warten und aus Höflichkeit nicht auf die Klingel drücken, bis man Stunden später endlich bemerkt wird und einen Rüffel bekommt, weil man nicht geklingelt hat. Sich höflich entschuldigen.

Jemandem die Tür aufhalten, der noch meilenweit entfernt ist, woraufhin der Ärmste zum Sprint ansetzt und sich den Freundschaftsdienst mit einem Leistenbruch teuer erkauft.

Die Behauptung, sich an eine Kindersendung zu erinnern, die einem zehn Minuten lang erklärt wurde, dabei hat man noch nie was davon gehört.

Wenn einem mehrere Türen aufgehalten werden und einem spätestens bei der vierten die Worte fehlen, da man »Vielen Dank«, »Nett von Ihnen« und »Sehr aufmerksam« bereits verwendet hat.

Jemanden auffordern, doch einfach mal vorbeizuschauen … was derjenige unglücklicherweise wörtlich versteht.

Sich auf einen Machtkampf mit einem Wildfremden einlassen, indem man hartnäckig darauf besteht: »Nein, bitte nach Ihnen.«

27. DAS GROSSE ENGLISCH-GLOSSAR

Die gängigsten Wörter und Ausdrücke der englischen Sprache

Bee's knees (Bienenknie)

Die Krönung des guten Geschmacks, wie etwa frische Orangenmarmelade oder ein neuer Hut.

Blimey (da hol mich doch ...)

Reaktion auf ein erstaunliches Ereignis, zum Beispiel »Unfassbar, es hat aufgehört zu regnen ...«

Bloody (blutig)

Verdammt. »Du solltest doch nur die verdammten Türen aufsprengen …«

Bob's your uncle (Bob ist dein Onkel)

Ganz einfach, ein Kinderspiel. Kann auch bedeuten, dass der Bruder eines Elternteils Robert heißt, aber eher selten.

Bugger (Mist)

Kraftausdruck anlässlich einer kleinen Unannehmlichkeit (sich mit dem Rasenmäher den Fuß abtrennen) bis hin zu einer echten Tragödie (die ideale Trinktemperatur seines Tees um Sekunden verpassen).

Cheeky (frech)

Listig, verstohlen, heimlich. »Ein heimliches Bierchen.«

Cheers

Danke, Tschüss, Prost. Wird gern sarkastisch verwendet, aber man weiß nie so recht, wann.

Cheesed off (stinksauer)

»Mir stinkt's.« Das Gegenteil von »chuffed«.

Chuffed (begeistert)

Ausdruck von Zufriedenheit/Stolz, der von »halbwegs zufrieden« bis »absolut euphorisch« reichen kann.

Codswallop (Mumpitz)

Himmelschreiender Unfug. Wird gern in den Raum gerufen, wenn man sich die Polittalkshow *Question Time* ansieht.

Cricket, It's just not (Das ist kein Cricket)

Nicht die feine englische Art. Eine Situation, Handlung oder Äußerung, die für einen Engländer absolut inakzeptabel ist.

Dilly-dally (trödeln)

Zeit verschwenden. Häufig ein Resultat von Unentschlossenheit.

Dog's bollocks (Hundehoden)

Erstaunlicherweise etwas Positives. Man könnte sagen, die vulgäre Variante von »bee's knees«. Gleiche Bedeutung, nur emphatischer.

Fancy (in jemanden verknallt sein)

Jemanden attraktiv finden.

Fancy the pants off (über beide Ohren verknallt sein)

Jemanden extrem attraktiv finden.

Fine (gut)

»Ist schon gut.« Soll heißen: Nichts ist gut. Verwendet ein Engländer das Wörtchen »gut«, wird er/sie jeden Moment in die Luft gehen und höchstwahrscheinlich »bugger« fluchen.

Flabbergasted (entgeistert)

Vor Überraschung oder Entsetzen aus allen Wolken fallen.

Flummoxed (perplex)

Einem unlösbaren Problem gegenüberstehen, sodass man sich ratlos ans Kinn fasst und finster die Stirn runzelt.

Gap year (Übergangsjahr)

Ein zwölfmonatiger Urlaub vor Antritt des Studiums, um in heißen Ländern schillernden Perlenschmuck zu sammeln.

Glower (finster dreinblicken)

Jemanden mit Blicken töten, insbesondere Vordrängler in einer Warteschlange oder Quasselstrippen im Ruheabteil.

Gobsmacked (baff)

Völlig verdattert. Eine Mischung aus »flabbergasted« und »flummoxed«. Nicht selten begleitet von dem Ausruf »blimey«.

Gutted (tief enttäuscht)

Bestürzung anlässlich eines tragischen Ereignisses wie der Niederlage eines Fußballteams oder des Verlusts eines geliebten Menschen.

Knackered (total kaputt)

Bodenlose Erschöpfung. Besonders verbreitet unter englischen Büroangestellten am Montagmorgen.

Mate (Kumpel)

Universelle Bezeichnung für einen Freund, Feind, Wildfremden oder jemanden, dessen Namen man beim dritten Mal immer noch nicht verstanden hat.

Not bad (nicht schlecht)

Gut. Besser als erwartet.

Not bad at all (echt nicht schlecht)

Großartig. Deutlich besser als erwartet.

Not my cup of tea (nicht meine Tasse Tee)

Nicht ganz mein Fall. Sprich: »Diese Person/Sache/Gegend kann ich auf den Tod nicht ausstehen.«

Oops-a-daisy (ups, ein Gänseblümchen)

Zugeständnis eines Irrtums oder spontaner Ausruf, wenn man stolpert oder etwas fallen lässt.

Plastered (hackedicht)

Hochgradig alkoholisiert. Man schreckt nicht mal davor zurück, Pommes in einer Styroporschale zu kaufen und auf dem Bürgersteig zu verstreuen.

Pop round (vorbeischauen)

Unangekündigt bei jemandem vor der Tür stehen. Der Überraschungsbesuch wird in der Regel enthusiastisch begrüßt, während man im Stillen einen baldigen Umzug erwägt, um einem solchen Besuch in Zukunft aus dem Wege zu gehen.

Quite good (ganz gut)

Grauenhaft. Deutlich schlechter als erwartet.

Skew-whiff (windschief)

Schräg/verzerrt. »Was ist denn mit deinem Gesicht/Haar/Hemd passiert? Das sitzt ja total windschief!«

Skint (blank)

Knapp bei Kasse sein. Meist eine Falschaussage, um zu vermeiden, nach acht harmlosen »Bierchen« hackedicht nach Hause zu taumeln.

Shambles (Chaos)

Ein heilloses Chaos. Beispiel: Die englische Abwehr ist in diesem Turnier/seit 1974 ein einziges Chaos.

Shirty (sauer)

Schlecht gelaunt, aggressiv.

Sorry (Entschuldigung)

Das meistbenutzte Wort der englischen Sprache. Als Entschuldigung, Begrüßung oder ganz ohne Grund.

Spiffing (knorke)

Absolut famos.

Stag Night (Hirschnacht)

Zu Deutsch: Junggesellenabschied. Eine traditionelle Strafe für den Eintritt ins Eheleben, zumeist begleitet von reichlich Alkohol, Laternenmasten, Gedächtnisverlust und/oder lebenslanger Reue.

Roundabout (Kreisverkehr)

Eine kreisrunde Verkehrskreuzung. Übermäßige Höflichkeit führt nicht selten dazu, dass englische Autofahrer an kleineren Kreisverkehren über längere Zeit festsitzen, manchmal über Jahre hinweg.

Ta! (Danke)

Kurzform von »thank you«. Häufig im Pub verwendet, um dem Barkeeper zu signalisieren, dass man sich auf einem Niveau befindet.

Tickety-boo (alles paletti)

Beschreibt eine rundum famose Situation.

Trolley, Off your (nicht mehr alle Tassen im Schrank haben)

Dem Wahnsinn anheimfallen. Gleichermaßen beliebt: »bonkers« (durchgeknallt), »barking« (übergeschnappt).

Trollied (besoffen)

Siehe »plastered«.

Trousered (besoffen)

Siehe »plastered«.

Zonked (todmüde)

Siehe »knackered«.

DANK

Ich danke allen an Englischnitis Erkrankten, die meinem Twitter-Feed @soverybritish getreu folgen; meinem guten Freund, Adam Bunker, für sein verlässliches »Tweed-Testing« und seine Beiträge zu diesem Buch; Matt, der mich zu diesem Twitter-Feed angeregt hat, sowie James, der mich als Erster auf das Thema brachte. Ein für einen Engländer höchst untypisches Abklatschen sowie tausendfacher Dank gilt meiner genialen Agentin, Juliet Mushens, und meiner großartigen Lektorin, Hannah Boursnell, einschließlich des gesamten Sphere-Teams bei Little, Brown. Cheers, Andrew Wightman, für die urkomischen Illustrationen, die *Ich bin ein Engländer – holt mich hier raus!* erst so richtig zum Leben erwecken. Ein großer Dank geht selbstverständlich an Rhiain und meine neue walisische Familie, weil sie sich mit einem peinlichen Engländer wie mir abgeben. Ein ganz besonderes Dankeschön gilt darüber hinaus meiner eigenen Familie – Lisa, Mark, Pete, Jane, Finlay, Freya, Emily und James – für all ihre Inspiration, ihre unermüdlichen Retweets und ihren Humor. Und, last but not least, vielen Dank, Mum und Dad, für eure grenzenlose Unterstützung und euren nie versiegenden Quell von Pimm's.

SORRY, DASS ICH NOCH MAL STÖRE …

Wer des Englischen mächtig ist und dieses Buch als »not bad« oder »not bad at all« einstufen würde, sei herzlich eingeladen, dem Twitter-Feed @soverybritish zu folgen, um weiteren englischen Unglücksfällen beizuwohnen.

Wenn es keine allzu großen Umstände macht, dürfen Sie gern Ihre eigenen Erfahrungen unter dem Stichwort #verybritishproblems mit einbringen.

Natürlich gibt es auch eine Selbsthilfegruppe auf Facebook (»Very British Problems«). Sollten Sie die Neigung verspüren, den Leidenden ein »Like« zu spenden, tun Sie dies unter www.facebook.com/soverybritish.

Untertänigsten Dank.